ALFAGUARA

Gregorio y el pirata

Emma Romeu

Ilustraciones: Ángel Mora

INFANTIL

GREGORIO Y EL PIRATA
D.R. © Del texto: Emma Romeu, 1999.
D.R. © De las ilustraciones: Ángel Mora, 1999.

ALFAGUARA

D.R. © De esta edición:
Santillana Ediciones Generales, S.A. de C.V., 2004.
Av. Universidad 767, Col. Del Valle
México, 03100, D.F. Teléfono 5420 7530
www.alfaguarainfantil.com.mx

Éstas son las sedes del Grupo Santillana:

ARGENTINA, BOLIVIA, CHILE, COLOMBIA, COSTA RICA, ECUADOR, EL SALVADOR, ESPAÑA,
ESTADOS UNIDOS, GUATEMALA, MÉXICO, PANAMÁ, PERÚ, PUERTO RICO, REPÚBLICA
DOMINICANA, URUGUAY Y VENEZUELA.

Primera edición en Alfaguara: mayo de 1999.
Segunda edición: marzo de 2000.
Primera reimpresión: junio de 2001.
Primera edición en Santillana Ediciones Generales, S.A. de C.V.: febrero de 2004
Segunda edición en Santillana Ediciones Generales, S.A. de C.V.: junio de 2004

ISBN: 968-19-0553-9

D.R. © Cubierta: Ángel Mora, 1999.

Impreso en México

Gregorio y el pirata

Emma Romeu

Un amable capitán

Las aguas azules del Océano Atlántico estaban tranquilas, las algas se alineaban en los hileros que formaba la corriente marina y a lo lejos una pareja de delfines saltaba en la superficie. De vez en cuando un airecillo levantaba el borde de las sombrillas o hacía volar el sombrero de algún señor. Los elegantes pasajeros del lujoso trasatlántico *Infanta Isabel* paseaban por la cubierta mientras los camareros se esmeraban en atender las demandas de tan exigentes viajeros. Y en medio de este escenario, Gregorio, el grumete del barco, iba de un sitio a otro para acabar sus labores antes de que arribaran a puerto.

Aún no se veía tierra cuando, desde la proa, una mujer que observaba el horizonte gritó:

—¡Allí!, ¡miren allí!

Gregorio tomó su catalejo, lo enfocó hacia el lugar y dio un gran respingo. Un pequeño bote de pesca, tripulado por un fuerte hombrote de barba negra, se hallaba justamente en el sitio por donde pronto pasaría el trasatlántico: ¡y en lo alto del palo de la única vela de aquella pequeña embarcación ondeaba una bandera pirata! Sin perder más tiempo el grumete corrió al puente de mando a dar la voz de alerta. El segundo oficial y el timonel, que se habían distraído un instante para fumar sus largas pipas, se pusieron tensos. Ante el peligro, el capitán del barco no tardó en aparecer en la cabina, y enseguida se escuchó el sonido de la sirena que le avisaba al barquichuelo de bandera pirata que se quitara del camino. Gregorio se mordía los labios y apretaba el catalejo por el que observaba que el hombretón barbudo no hacía ningún gesto para que su barco se moviera del lugar, por el contrario, ahora alzaba el puño en la distancia y lo dirigía agresivamente hacia el trasatlántico que se le acercaba.

El capitán ordenó:

—¡A babor, timonel! ¡Doble usted quince grados a babor! ¡Qué mala suerte topar con un loco en altamar!

Evidentemente el capitán no tomaba en serio al barquichuelo y a su tripulante. Hacía cien años que se habían terminado los tiempos de los famosos piratas del Caribe, y aun cuando éstos todavía existieran a ninguno se le hubiera ocurrido provocar desde un simple botecillo a un trasatlántico de tan gran calado. No obstante, el trasatlántico alteró un tanto su ruta para no chocar con la pequeña embarcación. El piratejo se reía victorioso cuando, de repente, su barquichue-

lo comenzó a dar fuertes bandazos a causa de las olas que provocaba el gran vapor a su paso. El jactancioso hombretón perdió el equilibrio y cayó aparatosamente al piso de madera de su bote. Los marineros corrieron a asomarse por la borda para disfrutar mejor del espectáculo. Muy divertidos le gritaban burlas a aquel sujeto que trabajosamente volvía a ponerse de pie, pues le faltaba una pierna y en su lugar tenía algo parecido a una pata de palo.

El capitán llamó al orden a sus marineros:

—No está bien mofarse del enemigo vencido —dijo con buen humor—. Ahora retomemos nuestro rumbo, ¡muy pronto llegaremos a Puerto Rico!

—¡Sí, sigamos a Puerto Rico! ¡Nos espera Borinquén! —repitió con entusiasmo un viejo marinero, al que aquellas tierras le traían buenos recuerdos. Y volvió a exclamar jubiloso—: ¡No veo la hora de entrar al puerto de San Juan!

Gregorio también deseaba conocer la isla de Puerto Rico, o Borinquén, como la llamaba mucha gente pues éste era su nombre indígena cuando Colón llegó a América. Así que se dispuso a preparar todo para la hora del desembarco y dejó de pensar en el raro pescador y en su bandera pirata. No sabía aún que pronto su destino estaría ligado a ese extraño personaje, lo cual no era ni remotamente una situación ideal para un grumete de su categoría. Ya iba a retirarse de nuevo a sus asuntos cuando el capitán, con su elegante gorra y su impecable uniforme blanco de botones y galones dorados, bajó del puente de mando y afablemente le puso una mano en la cabeza. El listo marinerillo que siempre cumplía tan bien todas sus funciones le causaba simpatía y esta vez había realizado una labor especial.

—¡Grumete, gracias a su rápido aviso tuvimos tiempo para maniobrar! —le dijo el capitán a Gregorio.

Y como recompensa a su buena participación en el suceso, lo invitó a tomar un refresco en el comedor de los oficiales. El capitán era un gran conversador, conocía mil leyendas y le habían ocurrido toda suerte de anécdotas en el mar. Gregorio consideraba un gran privilegio estar en su compañía, por lo que desde que entró al elegante comedor trató de portarse lo más cuidadoso posible para demostrar su buena educación. Ese día el capitán tuvo a bien narrarle un hecho que había recordado a causa del incidente con el caricaturesco pirata. Se trataba de algo acontecido hacía algunos años, cuando en verdad tuvo que enfrentar una nave de regular tamaño que se atravesó en su camino.

—Sucedió en 1900 —le empezó a contar el capitán a Gregorio—, dos años atrás había terminado la guerra hispano-norteamericana, donde yo fui comandante de un buque español. Pero entonces ya había pasado la guerra y sólo me dedicaba a pilotear tranquilamente naves mercantes que viajaban de Europa al Caribe. Y ocurrió que una soleada mañana, en que nos acercábamos al puerto de Santiago de Cuba con nuestra carga de vinos, aceite de oliva y frutas, un buque militar norteamericano, equipado con potente artillería, se interpuso en nuestro camino: era evidente que quería camorra. Su capitán resultó ser nada menos que Wyler, mi viejo enemigo de las contiendas en el mar durante la mencionada guerra. Wyler se había enterado que yo comandaba el buque mercante, llamado *Las Marías*, y quiso saludarme a su agresiva manera: puso su barco de guerra en la ruta del mío.

—Pero no tenía derecho a detenerse en su camino. Las leyes marineras... —observó Gregorio.

—Olvida por un momento las leyes marineras, mi querido grumete —le dijo el capitán—, se trataba de una vieja rencilla. Wyler nunca pudo hundir mi barco durante la guerra a pesar de que el suyo estaba mejor equipado, varias veces lo burlé en mar abierto y por eso me odiaba. Y aunque había pasado el tiempo, y mi barco ni siquiera contaba con un modesto cañón, Wyler quería obligarme a cambiar de rumbo para hacerme sentir que aún podía ganarme una batalla.

Gregorio estaba indignado, ningún marino de honor actuaría de aquella manera. Siguió atento a la historia.

—Entonces supe que Wyler necesitaba un escarmiento y me preparé para dárselo ese mismo día. Debido a mi experiencia militar conocía perfectamente la estructura de su barco de guerra, y si mi potente barco mercante, cargado de mercancías, se lanzaba de proa —a toda la velocidad que pudieran imprimirle nuestras calderas— contra la banda de estribor de aquel buque, podía provocarle un gran agujero y quizás hasta llegaba a hundirlo. El único peligro estaba en que su barco arrastrara al nuestro a las profundidades, por lo que debíamos chocar con él y retroceder inmediatamente. Yo era aún joven e intrépido y la tripulación me secundaba.

El capitán se había transportado a aquellos tiempos y sus ojos brillaban al recordar.

—Y di la orden: "¡Carbón, carbón a las calderas!" Mi barco avanzaba a toda velocidad hacia el buque de Wyler. Observamos que, ensoberbecidos, enfilaban sus cañones hacia nosotros: querían atemorizarnos. Nuestro barco siguió adelante, nos acercábamos y ya nos podíamos ver las caras Wyler y yo por nuestros catalejos. Ja, fue un verdadero placer mirar su rostro rabioso cuando finalmente ordenó a sus oficiales que rápidamente hicieran que su buque se moviera para dar paso al nuestro. Bien sabía que si disparaba en tiempos de paz para detenernos, sería juzgado por el tribunal militar. Apenas tuvo tiempo de escapar de nuestra embestida.

—¿Entonces huyó el buque de Wyler? —preguntó Gregorio con admiración.

—¡Sí, puede decirse que huyó de nuestra ruta!, ni siquiera volvió para entrar al puerto, supongo que nunca me perdonó esta nueva victoria. Wyler era un hombre muy rencoroso, pero eso sí, un magnífico marino.

—¿Y no lo ha vuelto a encontrar?

—No, nunca más. Tal vez alguno de sus oficiales haya informado a la comandancia naval americana de nuestro enfrentamiento y el comandante Wyler recibiera algún castigo, o pudo suceder que partiera en misión naval a mares lejanos donde encontrara la muerte, no lo sé. Mi tripulación, en cambio, mantuvo silencio sobre lo ocurrido. Mis leales marineros sabían que las imprudencias no son aceptadas por las compañías navieras y me hubieran expulsado con seguridad por mi osadía. Sé que fue una gran imprudencia —concluyó su historia el capitán del trasatlántico, que se acomodó su elegante gorra y carraspeó; y en sus últimas palabras se notó un dejo de nostalgia por tiempos más intrépidos.

"Sí, tal vez fue una imprudencia", pensaba Gregorio mientras salía del comedor de los oficiales para volver a sus labores, aunque en realidad iba muy orgulloso de navegar con tan temerario hombre de mar.

2

¡San Juan a la vista!

El pico del Yunque de la Sierra de Luquillo se distinguía desde el mar, el puerto de San Juan se hallaba muy cerca y los pasajeros del trasatlántico iban a bajar a tierra para conocer la bella isla de Puerto Rico antes de seguir su ruta a España. Gregorio también estaba contento, y mucho más alegre se ponía al pensar que la próxima escala del trasatlántico sería en las Islas Canarias. Como todo el mundo sabe, Gregorio era canario, y la certeza de volver a sus islas lo llenaba de emoción. Desde que zarparon en este viaje no había podido olvidar ni por un instante que pronto se acercarían a Las Palmas de Gran Canaria. Por fin podría llevarle a su madre la mantilla que le había prometido cuando partió para seguir sus sueños marineros. Estaba muy ansioso por volver a ver a su madre, y por llenarla de cariño y de mimos; y también se agitaba con la idea de caminar de nuevo por el Puerto de la Luz, que tan bien conocía, y nadar en la playa de las Canteras, y chocar otra vez sus cinco dedos con sus viejos amigos, los pescadores de la Isleta.

Cuando al fin apareció ante ellos la ciudad de San Juan, el grumete dejó a un lado sus pensamientos para dedicarse a ver la gran fortaleza del Morro, construida siglos atrás para defender a la ciudad de los piratas. Allá también se distinguían el alto faro del puerto y las boyas y señales que le indicaban a los barcos el camino de entrada y salida a la bahía. Y se veían las fuertes murallas de la ciudad y los viejos edificios de construcción española. En los cinco muelles la actividad de carga y descarga de mercancía era incesante, no eran pocos los buques mercantes y de cabotaje que había en el lugar; un gran vapor esperaba que terminaran su labor los aduaneros para zarpar. En el malecón de uno de los muelles la gente miraba con curiosidad al lujoso trasatlántico que fondeaba frente al puerto, donde la profundidad no era suficiente para recibir un buque de tan gran calado. Mientras tanto, el ferrocarril pitaba en el muelle más septentrional y hacía su parada cerca de uno de los grandes almacenes; quizá transportaba una importante carga de azúcar o llevaba sus vagones repletos de mieles de caña. Seis grandes tanques para mieles y dos para aceite garantizaban que estos productos siempre tuvieran un depósito seguro en el puerto.

Gregorio se puso su mejor atuendo, al que amaba su "ropa de desembarco", o sea, su camisa de alforzas y su pantalón azul que solamente usaba en ocasiones como éstas en que esperaba divertirse en tierra. Muy acicalado, subió a una de las lanchas remolcadoras que servían para arrastrar los barcos al puerto o para transportar a los pasajeros hasta los muelles. La lancha empezó a navegar suavemente con su cargamento de marinos y pasajeros. Ya estaban cerca del muelle cuando, por un descuido, una de las señoras dejó escapar a la perrita que cargaba en su falda, la cual fue a parar a las aguas del puerto. El animal movía las patas con desesperación, arrastrado por la corriente sin lograr regresar a la embarcación.

—¡Oh, mi Miní! —exclamó la señora muy asustada—. ¡Hagan algo que se hunde mi Miní!

Gregorio no lo pensó dos veces. Rápidamente se quitó los zapatos y se lanzó al agua para rescatar al animalito. Y a pesar de que la corriente era algo fuerte nadó tan diestramente como siempre y en pocos minutos estuvo de vuelta con la mascota ensopada. Los pasajeros aplaudían. La perrita se sacudió temblorosa y su dueña trató de secarla con un fino pañuelo. Pero a Gregorio no le valía de nada sacudirse, porque su bien planchada "ropa de desembarco" se había vuelto un guiñapo mojado. Aun así, tratando de que aquel forzado baño no le quitara el entusiasmo, se encaminó curioso a la ciudad. Avanzaba sin prisa por una de las callecitas cuando un repentino chaparrón empezó a caer. Como ya había tenido bastante agua por ese día, corrió a refugiarse al primer sitio que encontró; y ese lugar resultó ser una taberna.

—Eh, chico, ¿para qué corres si ya estás mojado? —le dijo un borracho que estaba sentado junto a la ventana.

—Será porque el agua que trae encima es agua bendita y no quiere que se la lleve el aguacero... —se burló el cantinero y soltó una carcajada. Al ver la seria expresión de Gregorio, dejó a un lado el sucio trapo con que limpiaba la barra y le preguntó en tono zumbón—: ¿le sirvo algo, señorito?

"Uhmmm, no es un buen sitio éste", pensó Gregorio mirando a su alrededor. No sólo era el foco de atención del cantinero y del borracho parlanchín, sino que también empezaba a serlo del resto de los clientes, o sea, de los cuatro hombres con cara de pocos amigos, uno de ellos con una cicatriz desde la ceja hasta la mejilla, que ocupaban una de las pocas mesas del lugar. Era un lugarcejo bastante desaseado, y por la catadura de los presentes se podía jurar que se trataba de gente poco confiable, tal vez contrabandistas, ladrones de barcos u otras buenas fichas que no hace falta terminar de mencionar. Los cuatro hombres alzaron la vista para inspeccionar al chico mojado, y al parecer no le vieron interés por lo que volvieron a su asunto. Aun así, Gregorio decidió que prefería volver a la lluvia en vez de permanecer en aquel lugar, y ya iba a marcharse cuando otro rudo personaje, también empapado por el inesperado aguacero, hizo su aparición en la entrada de la taberna. Las despintadas puertecillas

de madera se quedaron balanceantes detrás de él. Era un hombre robusto de barba negra, brazos peludos y fuertes, y una rústica pierna artificial, de esas que son llamadas comúnmente patas de palo. Aquella pata estaba hecha con pedazos de corcho y de madera, y forrada toscamente con tiras de piel. Gregorio lo observó sorprendido, ¡que lo castigaran cien veces las leyes marineras si aquel personaje no era el mismo pescador loco que retó al trasatlántico desde el botecillo con la bandera pirata! Y tuvo la certeza de que el lugar se tornaba aún menos recomendable.

La entrada del hombretón creó un ambiente de tensión que enseguida se transformó en real peligro. Las miradas de los cuatro hombres reunidos en la mesa chocaron con las del recién llegado, que lanzó un bufido y rugió en son de pelea:

—¡Yo no bebo donde esté todo tipo de mercachifles!

Los hombres se hicieron una seña. El de la fea cicatriz, que parecía el jefe, se levantó, era casi de la misma altura que el recién llegado, tenía fuertes bíceps y llevaba un largo cuchillo al cinto. Sus tres compinches se pararon a su alrededor en son de pelea. El de la cicatriz dijo en mal tono:

—¡Basta, Pata de Corcho, hoy no podemos ocuparnos de ti, tenemos algo importante que hacer!

—No lo dudo —contestó el recién llegado, al que habían llamado Pata de Corcho—, bonita camada tengo delante: el Sapo, Pocarropa, Bigote y tú, el peor de todos, Cararrajada. ¡Puaf! —dijo con asco al terminar de enumerarlos. Y siguió insistiendo en irritarlos—: ¿Quieren que les diga en qué asunto andan ahora? Estoy seguro de que a mucha gente le gustaría enterarse acerca del tesoro.

"¿Un tesoro?", Gregorio captó la importancia de la conversación, pero a pesar de lo atractivo del tema hubiera querido desaparecer del lugar antes de que se armara la trifulca; sólo que entre él y la puerta se hallaba el inmenso corpachón del pescador-pirata.

—¡No dirás una palabra más, Pata de Corcho! —bramó Cararrajada, el de la cicatriz, y se le abalanzó.

Pata de Corcho le rebatió el golpe y lanzó al atacante contra una mesa, los otros camorristas se le echaron encima, y uno de ellos, de muy pequeño tamaño y desproporcionados bigotes, lo embistió con una silla como si fuera un domador de circo. El fuerte hombrote se batía furioso contra los tres, y podía decirse que pronto daría cuenta de ellos cuando, a sus espaldas, Cararrajada, que se había repuesto de la caída, agarró un garrafón de barro que estaba sobre una mesa y con saña le asestó un tremendo golpe en la cabeza a su enemigo. Pata de Corcho se derrumbó en el piso con estruendo.

Gregorio no quiso perder más tiempo, sorteó el cuerpo del llamado Pata de Corcho y se dirigió rápidamente a la salida. Aún no alcanzaba las portezuelas cuando sintió que lo agarraban por la camisa.

—¿A dónde vas? —le preguntó el pequeño de los bigotes que había participado en la pelea.

—Soy marinero, debo volver a mi barco...

—...Debo volver a mi barco... —repitió burlonamente el hombrecillo, cuyo apodo era Bigotes, los demás se rieron.

Cararrajada se le acercó y le preguntó perspicaz.

—¿Conoces a este piratejo loco?

—No, señor —dijo Gregorio con sinceridad.

—¿Escuchaste lo que dijo? —volvió a decir el otro con retintín.

—Sí, lo escuché, pero no lo entendí, que para el caso es lo mismo que si no lo hubiera escuchado —estaba dispuesto a contestar con astucia para salir de aquel trance con gente tan peligrosa.

—¿Y no será arriesgado dejarte ir y que vayas con el chisme a algún lugar?

—No podría hacerlo porque no sé lo que dijo —afirmó, aunque por las palabras que había oído estaba seguro de que allí se cocinaba algo extraño sobre un tesoro.

—Pero acabas de decir que sí lo oíste.

—Pero al no comprenderlo ya lo olvidé, señor. No tengo costumbre de recordar lo que no comprendo.

—Bueno, bueno... si tienes mala memoria puedo dejarte ir —afirmó el hombre de la cicatriz, al que todos conocían por Cararrajada—. Sólo recuerda: mantén la boca callada y no te arrepentirás —y señaló el cuchillo en su cinto—. ¿Comprendido?

—Perfectamente comprendido —dijo Gregorio, que ansiaba dar por terminada aquella conversación.

—¡Y ahora lárgate, tan sólo no olvides mi recomendación! —concluyó Cararrajada.

Cararrajada era uno de los rufianes más conocidos de la isla. Y fue una suerte que considerara a Gregorio inofensivo y se apartara de su camino, lo cual el grumete aprovechó tan rápido como pudo y salió ligero del lugar. No en balde años atrás le había aconsejado su difunto padre: "Tanto en el mar, como en tierra, hijo, busca siempre la compañía de personas decentes: ¡eso nunca te traerá problemas!". Y la verdad era que, desde lo más profundo de su alma de marino, Gregorio no creía en la decencia de las personas que acudían a aquella taberna, llamada "La culebra", ubicada en la estrecha callecita del puerto de San Juan que se dirigía hacia la ciudad.

3

Pata de Corcho requiere ayuda

Gregorio caminaba aprisa para alejarse de "La culebra" cuando vio que una carreta, arrastrada por un buey y cargada de paja, se acercaba bajo la lluvia. La carreta pasó a su lado y se detuvo justamente delante de la taberna. Su joven conductor acomodó las riendas de la bestia a un lado para disponerse a descender; la callecita estaba desierta a causa de la lluvia. Por más que el sentido común le recomendaba a Gregorio seguir ágilmente su camino, también le hacía pensar que si —al igual que él— aquel joven había parado en la taberna para guarecerse, era su deber advertirlo del peligroso ambiente que había allí. Y ya iba a regresar sobre sus pasos a cumplir su buena acción cuando uno de los cuatro hombres que habían participado en la pelea se asomó a la puerta de la taberna y alzó una mano para indicarle al carretero que esperara. El joven carretero no era un inocente transeúnte sino un miembro más del grupo de forajidos de Cararrajada. Gregorio se apuró a ocultarse detrás de una columna.

Casi enseguida salieron los hombres de la taberna con una carga bastante pesada: ¡llevaban al mismísimo Pata de Corcho! El hombrote aún estaba aturdido por su desmayo, lo habían amarrado con una fuerte cuerda y en la boca le habían puesto una mordaza. Esta vez la carreta serviría para transportar al cautivo, por lo que echaron la paja a un lado y colocaron a Pata de Corcho en el fondo. Después lo taparon con la misma paja. Gregorio no se perdía ni un detalle desde su escondite y se preocupó. ¿Y si los camorristas pretendían terminar para siempre con aquel Pata de Corcho? ¿Y si pensaban echarlo al mar desde los acantilados con un peso de hierro amarrado a su único pie para que nunca saliera a flote? Hasta donde había visto actuar al extravagante hombrote de la pata de palo, no podía decir que fuera un bonito ejemplo de ciudadano, pero le reconocía valor: se había batido solo y a puño limpio contra cuatro contrincantes y no merecía morir amarrado como un cobarde. Gregorio miró alrededor de la desierta callecita; al parecer el único que podía ayudar al desvalido "pirata" en esta ocasión era él, un grumete que no había venido a la ciudad para hacer tareas heroicas sino para conocerla antes de seguir su tranquilo viaje en el trasatlántico. Ya la carreta echaba a andar y Gregorio, atrapado en sus buenos sentimientos y en su sentido del honor, la siguió.

La carreta avanzaba por las calles. Los hombres iban cantando medio borrachos, mientras alguna gente se asomaba curiosa a las ventanas y los veía pasar debajo del aguacero. Para molestar a Pata de Corcho los contrabandistas repetían desentonados el estribillo de una vieja canción de los piratas:

Mi parche en el ojo,
mis brazos forzudos,
mi pata de palo,
mi rico tesoro,
mi loro, mi loro,
mi loro, mi loro,
mi loro, mi loro,
¡son mi religión...!

Y chillaban e imitaban la voz de un loro para llamar a Pata de Corcho, que rabiaba de odio sin poder protestar a causa de la mordaza. Así se alejaron de la parte más poblada de la ciudad, mientras un chico empapado hasta los huesos los seguía. Ya Gregorio no se fijaba por dónde iba, tan sólo estaba atento a la carreta que avanzaba debajo del aguacero. Quedaron atrás todas las casas y empezaba a ser demasiado largo el camino. De repente la carreta se desvió hacia una senda que iba cuesta abajo y tomó impulso. Gregorio temió perderla de vista y corrió detrás de ella, pero la lluvia arreció tanto que no se veía nada. Cuando la distinguió de nuevo, ésta se había detenido frente a una vieja y semiderrumbada capilla. Como ya era demasiado tarde para frenar, fue a dar de

bruces sobre el montón de paja bajo el que llevaban oculto a Pata de Corcho. Los malhechores se
voltearon al instante. Gregorio tragó en seco, el
propio Cararrajada echó mano del persistente
chico que al parecer no valoraba mucho su vida.

—¡Otra vez con nosotros! —dijo Cararrajada
con voz penetrante—, ¡¿te gusta nuestra compañía?!

Gregorio trató de pensar con rapidez.

—Me he perdido con la lluvia —dijo desde
el montón de paja y trató de escurrirse para escapar.

Cararrajada lo agarró con más fuerza.

—¿Te has perdido? —le dijo zarandeándo-
lo—. ¡Imposible!, ningún marino pierde el rumbo
tan fácilmente.

Los otros rodearon la carreta, Gregorio
aplastaba con su peso al pirata.

—Parece sospechoso, jefe. Mejor lo despa-
chamos —dijo el hombrecillo de grandes bigotes,
a quien siempre le había gustado aterrorizar a todo
el que fuera menos alto que él.

—Sí, ¡despachémoslo! —corearon los demás, divertidos.

—¡Bah, no vale la pena! —observó Cararrajada—, ¡no tenemos tiempo de ocuparnos de
él! Con que no divulgue nuestro plan es suficiente. Lo pondremos junto al piratejo: así los dos
"amigos" no se sentirán solos.

Los demás celebraron la ocurrencia. Gregorio trató de aclarar su situación:

—No sé nada del plan de ustedes... no conozco a este señor...

—¿Pata de Corcho un señor? ¡Ja, ja, ja! —los bandidos soltaron una carcajada.

—¡Basta! —dijo el de la cicatriz—. No podemos perder más tiempo.

Y sin esperar más, agarró una cuerda y amarró a Gregorio, que se defendía mientras los demás lo sujetaban. Con el grumete a cuestas entraron en las ruinas de la capilla. Inmediatamente trajeron también a Pata de Corcho, quien forcejeaba fieramente entre sus amarras. Sin contemplaciones lo lanzaron junto al grumete en un rincón.

—¡Ja!, es una lástima que existan hormigas bravas en este lugar, creo que ustedes no la pasarán muy bien —les dijeron burlonamente antes de alejarse en la carreta para ocuparse de aquel asunto del tesoro en el que no deseaban intrusos.

Cuando se quedaron solos, Gregorio pensó inmediatamente en una solución. En primer lugar, no tenía más remedio que aliarse al otro prisionero, aunque jamás le contaría a nadie que un honesto marino como él había pactado con alguien que enarbolaba en su barco la bandera de los bandidos del mar. No, no se lo diría a nadie, ni aunque en este caso se tratara de "un piratejo falso", de un simple pescador que al parecer estaba más loco que una cabra. Como Gregorio no podía hablar a causa de su mordaza y, además, tenía las piernas amarradas, se incorporó tambaleante. Con pequeños saltitos fue a pararse frente a Pata de Corcho. Había cesado de llover y el sol iluminaba las ruinas sin techo de la capilla, "el pirata" se retorcía y lanzaba furibundos sonidos en el piso porque, en efecto, lo habían empezado a picar las hormigas bravas que abundaban en el lugar. Gregorio trató de indicarle con gestos lo que debían hacer, luego volvió a saltar hasta colocarse a sus espaldas y, con dificultad, acercó su boca amordazada a las manos amarradas del otro. Pata de Corcho entendió: si desamarraba aquella mordaza luego el muchacho lo zafaría a él y pronto podría rascarse, así que se empeñó en arrancar la tela lo antes posible, y no paró de jalonear con sus fuertes dedotes semiprisioneros hasta que escuchó un suspiro. Gregorio se quedó con la lengua adormecida pero lista para explicarle su plan al "pirata".

—Ahora yo le quitaré su mordaza, y usted podrá zafar el nudo de mis manos con sus dientes.

A Gregorio le habían llamado la atención los fuertes y grandes dientes de Pata de Corcho. Con aquellos dientazos, parecidos a los de un vikingo devorador de piernas de jabalí, "el pirata" podría trabajar con eficacia sobre la soga.

—Tan pronto usted me desate, yo lo desataré a usted y así estaremos salvados.

Pata de Corcho asentía desesperado por la picazón, las hormigas no habían parado su banquete y él no cesaba de retorcerse y de lanzar guturales sonidos que apenas podían salir por su boca sellada. Gregorio se colocó de espaldas y con sus manos empezó a desatar trabajosamente la molesta mordaza que mantenía callada la boca de Pata de Corcho. Al cabo de un rato terminó su operación y por fin la barba negra del hombretón quedó totalmente al aire. Entonces un estridente grito salió de la bocaza, lo que asustó a Gregorio, que perdió el equilibrio y cayó nuevamente al piso.

—¡Malditos! —rugía Pata de Corcho—. ¡Los atraparé, no dejaré de ustedes ni los asquerosos pelos de sus orejas! ¡Eres hombre muerto, Cararrajada! ¡¿Cómo te atreves?! ¡Nadie puede con un pirata!

Gregorio hizo mil piruetas antes de lograr pararse de la posición en que había caído. Y nuevamente tambaleante se enfrentó de pie al hombre que se autonombraba pirata. De ahora en adelante lo llamaría así, si eso hacía feliz a aquel energúmeno, pero en este momento lo más importante era que salieran pronto del mal paso.

—¡No podemos perder tiempo, señor pirata! —le dijo con apremio—, ¡tiene que desatarme, hay que escapar!

El pirata sacudió la cabeza, carraspeó y miró a Gregorio con las cejas entrejuntas. Él no acostumbraba recibir órdenes y seguramente pensaba hacérselo saber a aquel atrevido con alguna de sus "finas" frases, cuando una hormiga le dio una fuerte picada en el sobaco y lo hizo saltar nuevamente en su sitio. Entonces prefirió dejar por el momento las aclaraciones y enseñó sus dientes para demostrar que estaba dispuesto a empezar la operación; a fin de cuentas el muchacho lo había llamado "señor" y eso merecía cierta benevolencia. Gregorio volvió a colocar las manos en la posición necesaria y Pata de Corcho empezó su labor.

Los dientes de Pata de Corcho eran realmente fuertes y tiraban del nudo. Pronto las manos del grumete del *Infanta Isabel* estuvieron libres para desatar también sus rodillas. Al fin pudo incorporarse e hizo algunos movimientos con el fin de desentumecerse. Rápidamente puso manos a la obra para desamarrar al pirata. Cuando el hombretón se encontró libre de las ataduras, se levantó colérico, dio dos fuertes puñetazos al aire, y sin parar de bufar se lanzó afuera de la ruinosa capilla. Su pata de palo se hundía en algunos sitios del húmedo suelo. Por fin exclamó:

—¡Me vengaré!

Gregorio lo miraba retraído, hasta que se decidió a decirle:

—Bien, ya nos liberamos —y añadió cuidadoso—: ¿Podría usted indicarme el camino de regreso?

—Uhmmm... —farfulló el pirata, como si acabara de darse cuenta de que el muchacho aún se encontraba allí. Se rascó la cabeza y se volvió hacia él—: Un pirata no olvida a los que le prestan un servicio: ¡yo mismo te mostraré el camino! —le dijo y echó a andar.

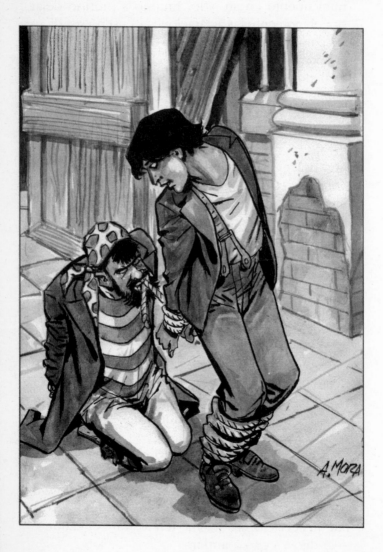

Lo que menos quería Gregorio era continuar al lado del violento hombretón. Prefería que el otro olvidara "aquellos servicios" y que lo dejara marcharse tranquilo. Sólo deseaba regresar a la ciudad y al puerto y terminar de una vez con aquella historia de bandidos, tesoros ajenos y "piratas", por lo que insistió:

—Oh, no es necesario que me acompañe, he cambiado de idea, prefiero echar un vistazo en los alrededores.

Pata de Corcho hizo como si no lo hubiera oído, o tal vez no lo oyó pues a veces padecía de cierta sordera. Echó a andar junto a Gregorio, que no tuvo más remedio que seguir adelante. Ya habían avanzado unos pasos por el camino de tierra y piedras cuando el pirata sacó un recipiente de su pantalón y se lo empinó. Luego se lo alcanzó a Gregorio:

—Bebe para espantar el ánima de los que has matado —le dijo.

Gregorio replicó al instante:

—Yo no he matado a nadie, señor —y con más desconfianza aún de la que ya le tenía le preguntó—: ¿Acaso usted sí?

—Brrrrr, ésa es una pregunta tonta: soy un pirata —afirmó.

Ya Gregorio no tuvo dudas de que el otro estaba chalado y quiso comprobar hasta dónde llegaba su locura.

—¿Dónde los ha matado?, ¿en el mar?

—No pienso contestarte esa pregunta —dijo el hombre y se puso a silbar.

Definitivamente aquella absurda conversación no tenía ni pizca de sentido, pero al cabo de unos minutos de silencio el camino empezó a parecerle aburrido.

—¿Y dónde se hizo pirata? —volvió a preguntarle para escuchar qué historia inventaba—. Todo el mundo sabe que desaparecieron hace un siglo.

—¡Bah!, la gente no sabe nada. ¿Dónde me hice pirata?, pocas veces se oyen preguntas tan insípidas. ¿Acaso crees que tenemos una de esas estúpidas escuelas con techo y paredes pintadas de cal?... —dijo y lanzó una risotada burlona.

El grumete iba a darle una buena respuesta, pero el otro volvió enseguida a sus barbaridades:

—¡No!, a los piratas nadie nos enseña libros y tonterías. Sabemos lo que tenemos que saber porque ¡nacemos piratas!, como los condes nacen condes, los duques nacen duques y los reyes nacen reyes.

"Eso sí que es una estupidez", pensó Gregorio acerca de aquella filosofía.

—Y yo, yooo... —continuó Pata de Corcho con énfasis—, soy un verdadero descendiente de piratas. ¡Mi tatarabuelo segundo fue el mismísimo Olonés!

—¡¿El Olonés, el terrible pirata del Caribe?! —exclamó Gregorio un poco sorprendido. Si aquello era cierto y Pata de Corcho tenía los mismos instintos del Olonés, tal vez debía empezar a tomarlo en serio.

—Sí —dijo Pata de Corcho encantado del efecto que había provocado—. ¿Acaso no se me nota? Además soy tataranieto de Henry Morgan —aventuró y miró a Gregorio de reojo mientras se acariciaba su espesa y desarreglada barba.

A Gregorio se le reflejó la duda en la cara, le parecía una exageración que alguien tuviera dos tatarabuelos tan nefastos, ¡los piratas más sanguinarios del mundo!, para quienes saquear, matar, quemar ciudades y secuestrar doncellas era un juego de niños.

—¿Lo dudas, infeliz? —le dijo Pata de Corcho mirándolo fijamente.

Aunque no deseaba incomodarlo, Gregorio quería hacerle saber que a él no podía embaucarlo fácilmente: había leído un libro sobre la historia de los piratas.

—Ni lo dudo, ni lo dejo de dudar —le dijo con parsimonia. Bien sabía que todo podía pasar en la turbulenta isla de la Tortuga, capital de la sociedad filibustera que reunía a los piratas bajo un mismo código: el "Código pirata"; y así se lo dijo a Pata de Corcho.

La respuesta de un muchacho que parecía tener conocimientos sobre el tema dejó a Pata de Corcho muy incómodo. Por lo general la gente lo escuchaba opinar sobre piratas sin contradecirlo, y a veces los turistas hasta miraban con admiración su barco, su bandera y su extravagante figura. Aunque lo más glorioso era cuando realizaba acciones que demostraban su poder pirata, como la de esa mañana con el trasatlántico. ¡Ah!, esas acciones las fanfarroneaba a los cuatro vientos. Pero en verdad su labor diaria en el mar no era asaltar naves como quería hacer creer, sino pescar grandes peces que después vendía en un restaurante del puerto. Cada vez que ese trabajo le parecía deshonroso para sus ínfulas, se justificaba de la siguiente manera:

—¡Bah!, sólo será así hasta que logre abordar una nave cargada de riquezas.

Avanzó con los labios apretados y no habló más por un rato, como si pensara en lo que podría decir para impresionar al sabihondo grumete. Por fin declaró:

—Existe un tesoro que caerá en mis manos. ¡Ja!, seré muy rico y nadie podrá tocar mi fortuna.

Al parecer volvían al escabroso tema del tesoro, y aunque Gregorio no quería meterse en ese asunto que podía traerle complicaciones con Cararrajada, levantó la vista. En verdad no había podido olvidar el tesoro mencionado en la taberna, ¿quién olvida un tema de tal envergadura? El pirata lo miraba ahora con fanfarronería, entonces Gregorio se conformó con lanzarle la siguiente irónica observación:

—Usted perdone: un verdadero pirata no escondería su botín, sus leyes no se lo permitirían.

Aquello fue demasiado para Pata de Corcho.

—¿Y tú qué sabes de piratas? —bramó—.
¡No eres más que un simple marinerillo!

Gregorio no se dejó provocar. Por el contrario, mantuvo el dominio de la situación.

—Pues sé que actuaban en grupos, no había piratas solitarios —dijo mirando fijamente a Pata de Corcho—. Y sé que para conseguir los barcos donde operaban se reunían en grupos de veinte o treinta temerarios y feroces hombres de mar que se prometían fidelidad. Luego salían en una canoa para lanzarse al abordaje contra un barco de pescadores, a quienes degollaban o lanzaban por la borda para apropiarse de la nave. Por último, izaban una bandera en el barco conquistado, y al hacerlo lo convertían en ¡un verdadero barco pirata!

Pata de Corcho recordó su pequeño barquichuelo de deshilachada bandera y su condición de solitario; echó hacia delante su labio inferior, apretó la boca e hizo un nervioso movimiento con los hombros.

—¡Ya basta, no eres más que un parlanchín! —gritó.

Gregorio estaba encantado de salir vencedor gracias a sus conocimientos y no quería parar:

—Desde la Isla de la Tortuga iban en busca de los barcos cargados de oro, que partían de tierras americanas hacia Europa, y de los veleros que llegaban de Europa repletos de objetos finos.

Pata de Corcho se había volteado para demostrar su indiferencia, pero aun así escuchaba. Quizá su cultura pirata se basaba sólo en la práctica y le intrigaban aquellas teorías.

—Sí —continuó Gregorio—. Las leyes estaban escritas en un documento al que llamaban "chase partie", donde se decían cuáles eran las reglas para repartir el botín y las cantidades que recibirían en caso de accidente. Por ejemplo, si perdían el brazo derecho se les pagaban 600 piezas de ocho, que son como 600 dólares, si perdían un ojo se les daban 100 piezas de ocho y por un dedo también 100 piezas de ocho.

—¿Y por el pie izquierdo? —Pata de Corcho salió de su mutismo, reconociendo finalmente su interés.

—Ah, sólo por el pie no lo sé, pero por toda la pierna izquierda 400 piezas, y por la derecha 500 —le respondió Gregorio con naturalidad.

—No está mal, pero no es justo que pagaran tan poco por un ojo —reconoció gruñón.

—¡Claro que sí! —exclamó Gregorio, que estaba dispuesto a no darle tregua—. Así escarmentaban y por temor a perder el otro ojo dejaban de ser piratas.

—¡Ja, dejar de ser pirata! ¿Y puedes decirme a qué se iban a dedicar entonces? ¿A criar vacas como si fuéramos mansos bucaneros?

—Bueno, al menos los bucaneros trabajaban un poco.

—¿Trabajar..., trabajar los bucaneros...?

—Claro que sí, cazaban ganado salvaje y secaban sus pieles y salaban sus carnes. ¿Acaso eso no es trabajo? —preguntó Gregorio—. Y como eran por naturaleza contrabandistas, luego le vendían a los piratas aquellas carnes y pieles, y además les compraban los objetos que saqueaban. ¡Ja!, a fin de cuentas los piratas necesitaban de los bucaneros para convertir en monedas sus botines y para obtener comida.

—¿Quééé?, ¿cómo te atreves? ¡Calla esa boca mentirosa! —se enfureció Pata de Corcho—. Toda esa historia me deja sin cuidado; por mí puedes volverla a meter en tus libros.

Gregorio ya estaba harto del mal carácter del hombretón, con quien ni siquiera se podía tener una conversación con normalidad. Como ya se hallaban cerca de la ciudad y acababan de llegar a un punto donde el camino se dividía en dos —uno hacia el puerto y el otro hacia el centro de San Juan—, él prefirió seguir adelante solo, sin la fastidiosa compañía del pirata. Para ello se conformaría con tomar el camino que aquél dejara libre.

—Ya casi hemos llegado, creo que iré por el otro camino —le dijo hábilmente y esperó para ver hacia dónde se dirigía Pata de Corcho, que no se movió hacia ninguno de los dos caminos. Gregorio insistió—: Ha sido un placer... ¡que tenga usted suerte, señor Pata de Corcho!

El pirata siguió sin moverse de su sitio. Lo que ocurría en verdad era que no esperaba que el muchacho lo abandonara, pero el grumete estaba decidido a alejarse y no tuvo más remedio que tomar la iniciativa: escogió el camino que llevaba a la ciudad.

—Adiós, pirata —fue lo único que le dijo mientras echaba a andar.

—¡Ja!, ese camino es peligroso —habló Pata de Corcho para tratar de detenerlo.

—No lo creo —dijo Gregorio, que siguió adelante sin hacerle caso.

El fanfarrón hombretón se enfureció.

—Mieeedooo, eso es lo que tienes, falso grumete —le gritó entonces provocador—. Sabes que Cararrajada me perseguirá y no deseas estar presente cuando aparezca. Un verdadero grumete no huiría. Se lo contaré a todos. ¡Te despreciarán, cobarde!

Gregorio continuó sin hacerle caso.

—¡Regresa, te lo ordeno!

El chico ni se molestaba en voltear la cabeza, sino que, por el contrario, apuraba el paso.

—¡Por todos mis abuelos en el infierno, sé que volverás; y entonces...!

Ya iba a lanzar otra de sus horribles frases favoritas cuando de súbito se detuvo, colocó una mano sobre su oreja y escuchó los ruidos del ambiente. A Gregorio le extrañó el repentino silencio y miró hacia atrás, el pirata le indicaba con exagerados gestos que se escondiera en la espesura: un chirrido se acercaba. Los dos saltaron a ocultarse entre los arbustos y no tardó en aparecer una carreta de grandes ruedas, hermosamente pintada, guiada por un jíbaro de aspecto bonachón.

No había peligro, se trataba de un sencillo campesino que llevaba su carga a la ciudad.

Cuando pasó de largo la carreta y regresaron al camino, Gregorio se quitó unas briznas de hierba seca que se le habían enredado en el pelo y miró a Pata de Corcho. El pirata volvió a caminar junto a él.

—Podrían haber sido Cararrajada y sus hombres y quiero agarrarlos por sorpresa. Seguramente ya tienen en su poder a los dueños del tesoro. Estaré atento, no se me escaparán.

—¿Y quiénes son los dueños del tesoro?, ¿acaso otros bandidos como ellos? —terminó por preguntar Gregorio.

—¡Bah!, nada de eso. Son campesinos, tan tontos que no pudieron mantener la boca cerrada: hablaron de su tesoro en el barco en que navegaban delante de un marinero muy astuto. Tan pronto tocaron puerto, el marinero corrió en busca del fantoche de Cararrajada, que es su primo, y lo puso al tanto. A cambio de su servicio esperaba parte del tesoro. ¡Ja! Yo dormitaba en el fondo de mi bote cuando los escuché. Como los tesoros son asuntos de piratas paré muy bien la oreja para enterarme, y oí que dijeron que iban a secuestrar a los campesinos del barco para arrancarles el secreto de dónde tenían oculto el tesoro. No pude seguirlos pues cuando quise levantarme metí mi pata en el agujero de la vela y me quedé trabado: ¡ese maldito agujero siempre me juega malas pasadas! En conclusión: ellos tuvieron tiempo de alejarse y no pude enterarme del resto del plan.

Gregorio se dio cuenta de que esta vez el pirata no fantaseaba y empezó a preocuparle el destino de aquellos campesinos dueños de un tesoro. Ya conocía a Cararrajada, si los campesinos caían en sus manos estaban perdidos. Y quiso saber más:

—¿Y quiénes son esos campesinos? —le preguntó a Pata de Corcho—. ¿Es que acaso venían en el barco con un mapa en busca del tesoro de sus antepasados? No es común que sencillos campesinos cuenten con un tesoro.

—¡Ah, tú quieres saberlo todo, grumetillo! —le dijo Pata de Corcho con retintín—. ¡No te puedo contestar porque no lo sé! Sólo hay algo más que oí: los campesinos iban a seguir su viaje hacia Norteamérica y son coreanos, por lo que sus antepasados..., en fin... estarían tan lejos como la misma Corea, ¿no?

—¿Coreanos? —preguntó Gregorio extrañadísimo.

—Coreanos —confirmó Pata de Corcho con un mohín en el que subía el labio superior y arrugaba la nariz, dejando afuera sus fuertes dientes. Uhmmm... a él también le causaba extrañeza aquel asunto.

4

La esclavitud del siglo XX

¿Qué hacían diez campesinos coreanos por estos lugares del mundo?, ¿cómo habían llegado a tener un tesoro? Desde el momento en que oyó al pirata, Gregorio no paró de pensar. Lo del tesoro era sin duda una incógnita. Sin embargo, la presencia de los campesinos coreanos en este hemisferio sí tenía una explicación conocida. A veces llegaban a tierras americanas barcos cargados de asiáticos que venían a trabajar desde su país mediante contratos tramposos. Cuando llegaban a América recibían en pago mucho menos dinero del que les habían prometido, y ese poco dinero tenían que devolvérselo al patrón a cambio de la comida y del precio del pasaje del barco que los había traído. Tardaban años en pagar sus deudas y mientras no las pagaban no eran libres de marcharse a donde quisieran. A veces morían sin ver finalizado el contrato que los hacía trabajar casi como esclavos.

Los campesinos coreanos de esta historia habían llegado a México en 1905 con uno de esos contratos para trabajar en las plantaciones de henequén. Cuando pasaron los años y terminó aquel contrato se quedaron sin empleo. Y todavía algo más grave les ocurrió: Corea fue invadida por Japón y ya no podían regresar a su país. Entonces, además de la falta de trabajo, sufrieron las desventuras del destierro. Y bueno, por esa razón partieron nuevamente hacia otros horizontes, esta vez hacia Norteamérica, al igual que habían hecho algunos de sus paisanos anteriormente. ¿Cómo era que estos sencillos campesinos habían logrado tener el gran tesoro del que hablaron en el barco? Ya se ha dicho que ésa es aún una incógnita. Lo que nadie duda es que cometieron un gran error al mencionarlo en público, sobre todo cuando ese público era un solitario y malicioso marinero capaz de acciones muy astutas. Tan pronto se acercaron al Puerto de San Juan, el malvado marinero se valió de sus mañas para llevarlos hasta la bodega del barco.

—El capitán les regalará unas botellas de vino a todos los pasajeros antes de desembarcar. Deben acompañarme para recibir las suyas —les dijo.

—Yo no tomo vino —afirmó el viejo Soo, un coreano de larga barba blanca, que al igual que otros asiáticos de su edad hablaba de una graciosa manera el idioma español—, pero la guardaré para dársela de regalo a mi viejo paisano Kim, que nos espera en Norteamérica.

Soo siempre andaba de buen humor. Su nombre en coreano significaba calmado. Sin embargo, cuando entró a la pequeña habitación de la bodega del barco y no vio ninguna botella de vino su cara no era calmada, sino por el contrario muy intranquila. Enseguida tuvo razones para su desconfianza porque el marinero que los había llevado hasta allí cerró la puerta de un tirón detrás de ellos dejándolos encerrados.

—¡Sáquennos de aquí! —gritaban desde la bodega del barco los desesperados campesinos sin que nadie viniera en su ayuda.

Soo agitaba su bastón en el aire para darle énfasis a sus palabras.

—No pueden encerrar a campesinos honestos —argumentaba en la oscuridad mientras sus bastonazos alcanzaban sin querer a sus paisanos.

Los campesinos protestaban en balde porque la tripulación se hallaba en la cubierta del barco atenta al atraque en el puerto. Estuvieron encerrados por largo rato, hasta que sintieron unos pasos y alguien introdujo una jarra de té por un agujero junto a la puerta. Como estaban sedientos, lo bebieron rápidamente, pero el té estaba hecho con hojas de una planta que provoca mucho sueño, y al cabo de unos minutos todos se hallaban dormidos. Enseguida el malvado marinero hizo entrar a la bodega a los secuaces de Cararrajada, que rápidamente colocaron a los diez campesinos dormidos dentro de diez barriles vacíos para bajarlos del barco sin levantar las sospechas del capitán. Y como era día de carnaval en la ciudad a la que había arribado, el resto de la historia continuó de una manera bastante singular.

Aunque Gregorio no se podía imaginar de qué manera habían ocurrido los hechos que acabamos de narrar, no pudo dejar de pensar en la suerte que podían haber corrido unos honestos campesinos si de verdad habían caído en manos de Cararrajada. Esta vez el destino había puesto al grumete del *Infanta Isabel* delante de un tablero con las piezas ubicadas de difícil manera y, por más que pensaba en los dueños del tesoro, estaba seguro que muy poco podía hacer él solo para ayudarlos. Ni siquiera conocía la ciudad, y la única persona que hasta ahora había tenido de compañía era el extraño, iracundo y jactancioso personaje que aún caminaba a su lado. Justamente Pata de Corcho creyó que ya estaba bueno de silencio, por lo que sin ton ni son le pegó una palmadota en la espalda a su acompañante para sacarlo de su ensimismamiento.

—¡Ja, qué debilucho! —lo criticó burlón al ver que casi cae al piso.

—¡Para ya, Pata de Corcho! —saltó Gregorio, a quien el asunto de los campesinos en manos de Cararrajada había puesto de muy mal humor.

—¿Te atreves a mandarme a callar, rana, mosquito, aprendiz de butifarra? —rugió el pirata, que desde hacía rato necesitaba violentarse por algo.

Gregorio no permitía que nadie lo tratara de aquella manera. Aunque no tenía en sus planes enfrentarse a su acompañante, puso sus puños de chico de once años en posición de combate.

—Miren esto, miren esto, el grumetillo quiere pelear. ¡Bah!, te perdonaré la vida.

Gregorio se puso aún más furioso por la prepotencia del grandulón y dio un paso al frente sin bajar los puños.

—¡Basta! —rugió el pirata—. ¡He dicho que no pelearé contigo y no lo haré! —e iba a apartarlo con su manaza para seguir adelante cuando reconoció a alguien que se acercaba por el camino, donde ya se veían algunas casas.

—¡Puf! —dijo apurado y volvió a saltar a la maleza.

Esta vez Gregorio no se ocultó. Quien avanzaba con cadenciosos pasos y una cesta de ropa en la cabeza era una mujer cuarentona de amplias caderas y pelo negro recogido en la nuca. Sus pequeños ojos, demasiado pegados a la nariz, escudriñaron al grumete.

—¿No fue ese fantoche de Pata de Corcho quien huyó como una jutía del monte cuando me vio?

A pesar de su disgusto con el pirata, Gregorio hizo lo posible por encubrirlo. Nadie podría decir que un marino de honor sería un delator.

—No vi a nadie, señora —dijo lacónicamente.

La mujer volvió a mirar hacia los arbustos al borde del camino. En realidad llevaba prisa y prefirió seguir, pero antes se dirigió a la maleza con los brazos en jarra para que el que allí se ocultaba la pudiera oír:

—¡Bah, no vale la pena detenerse cuando hay tanto que hacer en días de carnaval! ¡Ya me darás la cara, viejo gato montés!

Y se alejó sin perder su buen humor.

Pata de Corcho salió de la espesura. Gregorio acababa de hacerle otro servicio.

—¡Uhmmm! —gruñó como único agradecimiento.

El grumete no le contestó, tampoco le gustaba mentir, por lo que echó a andar disgustado. Avanzaba rápido para tratar de dejar atrás a Pata de Corcho, que lo seguía balanceante pero a muy buen paso: era muy diestro con su pata artificial. Apenas llegaron a una de las calles de la ciudad, el olor de los puestos en los que vendían comida los hizo suspirar a los dos. Pata de Corcho recordó en voz alta el arroz con pollo y los guineos maduros, el sancocho, los garbanzos y las lentejas, el manjarete, las cocadas, el "bien me sabe", el flan de piña y otras delicias que preparaba la lavandera Felicita, de las que él con sus argucias siempre lograba conseguir un plato. Gregorio sintió un hueco en el estómago y terminó por reconciliarse con el pirata para juntar entre los dos veinte centavos. Se detuvieron en un sitio donde vendían lechón asado. Gregorio se hubiera conformado con un pan con lechón; Pata de Corcho, en cambio, insistía en que los piratas sólo comían trozos macizos y eso fue lo que compró, un buen

pedazo de grasiento lechón. Por supuesto que fue él mismo quien lo dividió, y sin remordimientos se quedó con el pedazo más grande, donde enseguida hundió sus sucios dedotes de uñas mugrientas y se llevó el trozo a la boca con avidez. Lo desgarraba gustoso con los dientes delanteros, la grasa de la carne le chorreaba por la barba y masticó el primer bocado escandalosamente.

—Debo alimentarme bien —dijo con convicción—, hoy habrá contienda.

Ciertamente el punto fuerte de aquel pirata no era la educación, pensó Gregorio, que tomó su pedazo de carne y se sentó en el borde de la acera. Las aventuras del día lo tenían hambriento. Mientras masticaba, miraba fijo una piedra de la calle, no es que la piedra tuviera nada de especial sino que él se había quedado pensativo. Debía reconocerlo, por más que lo intentaba no había logrado sacar de su cabeza la historia de los campesinos coreanos y de su valioso tesoro que iban a perder pronto, demasiado pronto, a menos que alguien los ayudara.

5

Coreanos en el puerto

Esa noche empezaba el carnaval. Gregorio miró su ropa arruinada por todas las aventuras del día y desistió de ir a la fiesta, a no ser que aparentara estar disfrazado de pordiosero. Después de comer, Pata de Corcho lo animó de la siguiente manera:

—Ahora se antojan unos mangos, y yo sé dónde los podemos encontrar gratis. ¡Sígueme!

¿Unos mangos? La proposición no sonaba despreciable y siguió al pirata. Caminaron hasta una casa muy pequeña de tablas, que se elevaba un tanto del piso por unos postes gruesos de resinosa madera. En el patio dos grandes matas de mango llenas de frutos los esperaban. Cerca de una de las matas, una vieja y descascarada bañadera estaba enterrada en la tierra, y junto a ella se alzaba un lavadero en el que desembocaba una cañería oxidada taponeada por trapos en su extremo. También se veía un horno de carbón debajo de un techito, y un viejo torno y algunas vasijas de barro recién moldeadas. La casa estaba desierta. Un pato chapoteaba en la bañera y de vez en cuando picoteaba el jabón que descansaba sobre un usado cepillo de millo. El jardincito estaba bien cuidado, sembrado de flores, albahaca, hierbabuena y romero. Todo allí tenía un ambiente de limpieza y humildad.

Pata de Corcho agarró cinco grandes mangos y se acostó en una sencilla hamaca que colgaba de los árboles.

—¿No se molestará el dueño de esta casa...? —le dijo Gregorio deseoso de evitar problemas.

Pata de Corcho no le respondió. A veces no contestaba cuando le hablaban, y Gregorio tenía la sospecha de que no oía bien.

—¡¿Que si es correcto que te acuestes en una hamaca ajena?! —le repitió más alto el grumete.

—¡Bah!, su dueña siempre se alegra de verme —dijo jactancioso—. Además, ya no estaremos aquí cuando llegue con sus regaños.

"¿Dueña? ¿Alegría y regaños?", por supuesto que lo último sonaba contradictorio, pensó con lógica el grumete. Si Pata de Corcho tenía tan bien calculada la ausencia de la mujer, era porque no le interesaba que los encontraran en su patio. No obstante, a su alrededor había muchos mangos y tenía la boca hecha agua, así que tomó dos de ellos bien maduros del suelo y fue a sentarse junto a la bañera para ver nadar al pato. El ambiente estaba de lo más tranquilo cuando un "plaf" de más de doscientas libras al caer en la hierba le indicó que algo ocurría a sus espaldas. La misma mujer que habían encontrado antes en el camino, ahora volteaba la hamaca y agarraba al pirata por el pelo para obligarlo a levantarse.

—¡Oooh, oooh! —chillaba Pata de Corcho, que de repente había perdido toda su fiereza—. ¡Ten piedad, Felicita, sólo dormía plácidamente un rato! ¡El descanso no se le niega a nadie!

—Eres un sinvergüenza, Pata de Corcho. No solamente te llevaste mi mejor enagua para pintarla con una calavera cuando el viento arrancó tu vieja bandera pirata, sino que aún no me devuelves las ollas de barro que prometiste ayudarme a vender. Ni dinero... ¡ni ollas!, ¿qué hiciste con ellas?

—Se me rompieron, mujer, se me cayeron al tropezar. ¡Por Belcebú que digo la verdad!

Ya la mujer estaba acostumbrada a escuchar los diabólicos juramentos de Pata de Corcho y no le causaban ninguna impresión.

—¡Los pedazos..., si se rompieron mis vasijas, quiero ver los pedazos!

El pirata acudió entonces a su mejor argumento, con el que siempre terminaba por ablandarla:

—¡Por Barba Negra, estoy solo en este mundo y todavía tú me criticas! ¡No tienes piedad! Un corazón de roca es lo que tienes en el pecho. Sí, de roca. Mi pobre madre murió, soy huérfano. A mi padre lo mataron en combate en el mar, soy huérfano de nuevo. Soy un solitario: ¡eso soy! Un solitario al que se le niega el derecho a un sencillo descanso después de que ha sido asaltado y secuestrado por unos bandidos. Pregúntale a él si no es cierto —dijo y señaló a Gregorio—. ¡Yo no debería vivir para padecer tanto! —concluyó y apretó los labios y los extendió hacia afuera levemente, como el que está al borde del llanto.

Gregorio, que en todo ese tiempo no había sido más que un pacífico espectador, estaba asombrado. Las dotes histriónicas de Pata de Corcho no le eran por completo desconocidas, pero su actuación de ahora resultaba demasiado. Y eso no fue todo, el pirata hasta hizo ademán de marcharse cabizbajo, no sin antes mirar disimuladamente el efecto de sus palabras en la buena mujer. Para Gregorio, que todavía no conocía muy bien la psicología femenina —tradicionalmente sensible al chantaje emocional del sexo opuesto—, fue una sorpresa que la lavandera le respondiera al mañoso pirata de la siguiente manera:

—Está bien, Pata de Corcho, que no se diga que yo echo a la calle a la gente que me pide compasión. Descansa un rato y luego te irás. ¿De acuerdo?

—De acuerdo —aseguró el pirata falsamente serio y regresó a la hamaca con sus ojillos astutos. Sabía que no le era indiferente a Felicita, y se aprovechaba muy bien de esa situación.

Gregorio seguía sin decir nada y Felicita entonces se dirigió a él.

—Y tú, además de ser un cómplice de este sinvergüenza, ¿qué más eres?

Hasta cierto punto Gregorio estaba consciente de que merecía el apelativo, así que contestó apocado.

—Soy grumete del trasatlántico *Infanta Isabel*, que entró esta mañana en el puerto.

—Pues no lo pareces —le contestó Felicita, que se admiró de la suciedad de su ropa.

El grumete enrojeció y no tardó en explicarse. A los pocos minutos la lavandera quedó enterada de todas las peripecias del día. La historia del tesoro la dejaba sin cuidado, estaba acostumbrada a vivir sin riquezas. Sin embargo, se compadecía de aquellas personas que estaban a merced de la nefasta banda de Cararrajada; bien sabía que eran unos malvados. Mientras tanto, Pata de Corcho roncaba en la hamaca y de vez en cuando resoplaba para ahuyentar las moscas que se le posaban en la barba; su pata de palo se balanceaba en el aire. Felicita se asomó al patio y le echó un vistazo al grandulón, a pesar de sus protestas y regaños, a Gregorio le pareció distinguir en aquella mirada un singular cariño por el áspero hombretón.

—Venga, te compondré el vestuario —le dijo Felicita y le prestó una sábana en la que él se enroscó como un árabe—. Nada más te falta el turbante —afirmó convencida la lavandera.

En poco tiempo la ropa estuvo lavada y puesta a secar al sol; y al cabo de un rato más la camisa y el pantalón se hallaron listos para planchar. Nuevamente bien vestido, Gregorio volvió a sentirse dispuesto para celebrar su estancia en la hermosa ciudad de San Juan. Y salió a caminar, luego regresaría para acompañar a Felicita al carnaval.

Pronto se vio rodeado de la gente que empezaba a recorrer las calles en busca de los detalles que le faltaban a sus disfraces. En una esquina cantaba un hombre de bigotillo fino y blanca guayabera. Tocaba muy bien su guitarra el trovador, que echaba atrás su sombrero de pajilla con insistencia como parte de su estilo. La gente lo escuchaba con particular agrado pues entonaba los versos que una poetisa puertorriqueña le había hecho a su tierra.

> *Borinquén, nido de flores*
> *donde comencé a soñar,*
> *al calor del dulce hogar*
> *que dio vida a mis amores;*
> *al recibir tus loores*
> *siento del alma en lo hondo*
> *algo que sale del fondo*
> *en acordes vibraciones*
> *y palpita en las canciones*
> *con que a tu afecto respondo.*

En las aceras se vendían todo tipo de bebidas y de alimentos. Una frutera anunciaba a viva voz sus ricos mangos y mameyes, plátanos y guanábanas, ¡guayaabaaas! Como siempre que llegaba a una nueva ciudad, Gregorio miraba a su alrededor sumamente curioso. Sus pasos lo llevaron a un animado parque y se sentó en un banco, donde unos pájaros negros escandalizaban en un coro de chillidos desde un árbol. Cuatro marineros de un carguero anclado en el puerto pasaron a su lado, sus fuertes voces llegaron hasta Gregorio.

—Hoy desaparecieron diez pasajeros de mi barco —decía uno de los marineros de camisetas rayadas—. ¡Eran diez campesinos coreanos! Nadie los vio bajar al puerto y tampoco están en cubierta. Iban a seguir el viaje hacia Norteamérica.

Gregorio saltó de su asiento y prestó más atención.

—¿Y realmente nadie los ha visto?

—No, los aduaneros los buscan por el puerto, nuestro capitán está muy preocupado. ¡Nunca había desaparecido nadie de *El vogante*!

—¡Qué extraño! —reconocieron los otros marineros.

Gregorio se acercó al grupo para tratar de averiguar más. Pero a los ásperos marineros no les agradaban los jóvenes marinerillos que se contrataban en los trasatlánticos como si fueran señoritos finos y no le dieron ni pizca de la información que les pedía. Por supuesto que aquel desprecio era una injusticia con un sincero chico de mar como Gregorio, que trabajaba donde encontraba trabajo: en barcos mercantes, en buques cargueros, en sencillos barcos de pescadores o, como en esta ocasión, en un lujoso trasatlántico. No obstante, ya conocía el nombre del buque donde viajaban los campesinos dueños del tesoro, y se encaminó al puerto. Al llegar a la bahía distinguió su hermoso trasatlántico fondeado a lo lejos; el gran barco de pasajeros parecía una postal, con el mar y el cielo azul y las blancas nubes de gordinflonas figuras como marco. Otra vez pensó en el valiente capitán del *Infanta Isabel* y se animó a seguir. Apuró el paso y llegó a *El vogante*, los fuertes estibadores habían empezado a transportar hacia sus bodegas cajas de madera repletas de olorosas piñas y sacos de yute rellenos de café y de cocos. Entonces le llamaron la atención unos estibadores flacos que descargaban unos pesados barriles de vino y hacían un grupo aparte. El más débil de todos parecía un muchacho, aunque no se le distinguía la cara porque llevaba un saco de harina vacío a manera de caperuza. Este menudo estibador rodaba su barril con mucho esfuerzo y a pocos pasos tuvo que pararse a descansar. Pero su barril no se quedó estático, sino que se movió tambaleante como si tuviera impulso propio. El estibadorcillo se sentó aprisa sobre el barril, que finalmente recuperó la calma. Gregorio pensó que había visto visiones, o que después de tantos días en el mar le había

dado un mareo en tierra y las cosas se movían
solas a su alrededor. Y olvidó el barril. Por el
momento sólo debía ocuparse de entrar en *El
vogante*.

Los marineros estaban tan ocupados con
el desembarco de mercancía que no notaron al
muchacho que subía sin llamar la atención por la
escalerilla. El grumete había logrado su objetivo y
buscaba inútilmente en todos los compartimen-
tos, hasta que se acercó a uno de la bodega, a
más resguardo que los demás. Se trataba de una
bodeguita donde un candado abierto colgaba de
su puerta. Gregorio entró atento en la pequeña
habitación. La bodeguita en verdad estaba vacía,
tal vez servía en ocasiones para guardar carga de
valor. Sin embargo, algo llamó su atención en el
piso, era un pañuelo con varios envoltorios de
papel que contenían polvo seco con olor a pesca-
do, pellejos de pájaro, esqueletos de insectos,
hierbas desecadas y pedacitos de cortezas de árbol. Bien sabía el grumete lo que eran aquellas
materias, pues tenía amigos chinos: se trataba precisamente de las medicinas naturales que los asiáticos nunca dejaban atrás. Ya no tuvo dudas, los
coreanos que venían en *El vogante* habían estado
encerrados en aquella habitación, y de alguna extraña manera habían desaparecido.

Sin dejar de pensar regresó a tierra. Tal vez
los campesinos secuestrados aún se hallaban cerca, ocultos en algún sitio del puerto. Si quería
ayudarlos no tenía más remedio que actuar pronto.

Otra vez el grumete del *Infanta Isabel* se veía ante un extraño episodio en aquella hermosa ciudad rodeada de murallas llamada San Juan, donde hacía pocas horas había desembarcado sin la menor intención de vivir una aventura.

6

Gregorio regresa en busca de refuerzos

Como Gregorio no conocía en la isla más que a Felicita y a Pata de Corcho, y su caballerosidad lo hacía excluir a una mujer de aquel peligroso asunto, no tuvo más remedio que acudir en busca de la ayuda del majadero pirata. Caminó, más bien corrió, hasta la casa de Felicita. Llegó agitado al cuidado jardincito, entró al patio y se detuvo delante de un espectáculo bastante inesperado que nada tenía que ver con la noticia que él traía: Pata de Corcho resoplaba en la bañera donde antes chapoteaba el pato, mientras Felicita lo restregaba con la escoba de barrer su casa sin dejar de hacer muecas como si temiera contaminarse. Por supuesto que la casa y la escoba de Felicita estaban cien veces más limpias que la espalda de Pata de Corcho, que aun así lanzaba un montón de quejas con su vozarrón mientras Felicita lo acallaba a escobazos. En medio de esta algazara, Gregorio infló sus pulmones y a viva voz le contó al pirata su descubrimiento en *El vogante*. Inútilmente trataba de explicarle la urgencia de encontrar y rescatar a los dueños del tesoro, pero quizá porque a Pata de Corcho en el fondo le gustaba aquel baño o porque, como se sabe, en ocasiones no oía bien, no se dio por aludido. El grumete no tuvo más remedio que esperar. Por fin, Felicita dio por terminado el aseo y se retiró con la escoba. Había jurado que de su casa no saldría nadie sucio en día de carnaval.

—Brrrrrrr —se sacudió el pirata afuera de la tina, Gregorio se apuró en hablarle de nuevo.

—Tenemos que encontrar a Cararrajada y a sus hombres. Los campesinos coreanos ya están en su poder y los bandidos harán todo por sacarles el secreto del tesoro.

—Uhmmm... —dijo Pata de Corcho. Y se sentó para poner a orear su singular pata de palo, que no se había quitado para bañarse. Las tiras de piel y el gran pedazo de duro corcho se veían más limpios que de costumbre. Bruscamente se volvió contra el grumete:

—¿Y tú, cómo sabes tanto? ¿Acaso tienes espías en la isla? —recalcó retorciendo la boca. Le molestaba que el grumete se le hubiera adelantado.

Gregorio no creía bueno alimentar los celos del pirata y le aclaró:

—No tengo espías, sólo un poco de buena suerte —aclaró. Y acto seguido le contó cómo había llegado a él la información y cómo se introdujo en *El vogante* para registrar sus bodegas.

—Uhmmm... —volvió a decir Pata de Corcho.

—¡Hay que encontrarlos! ¡Vamos inmediatamente en su busca! ¡Los pueden haber ocultado en algún lugar del puerto!

—Hoy es carnaval, pedazo de grum... —empezó a decirle, y ya iba a terminar una de sus ofensivas frases, pues le molestaba que le dieran órdenes, cuando recordó la sensibilidad de Gregorio. Como quizás aún necesitaba de su ayuda para encontrar el tesoro, continuó astutamente la oración—: ...pedazos de grumos y de serpentinas caerán del cielo y no se distinguirá nada.

En esta historia hay algo que es necesario aclarar antes de seguir adelante. Tanto Gregorio como el pirata deseaban encontrar a los campesinos dueños de aquel mentado tesoro, pero ambos tenían diferentes objetivos: a Gregorio le interesaba salvar a los campesinos coreanos, y a Pata de Corcho el tesoro. Aún no sabía el grumete cómo iban a compaginar ambas cosas, no obstante, ahora lo más importante era rescatar a los honestos campesinos de las manos de Cararrajada. Después ya se vería; así que insistió con el pirata:

—¡Tenemos que hacer algo...!

Pata de Corcho se quedó pensativo, metió una de sus manos en su negra barba y se rascó groseramente el cachete izquierdo, donde acababa de picarle un mosquito.

—¡Está bien, iremos en su busca, no los dejaré escapar con el tesoro! Uhmmmm... encontraremos a esas comadrejas. ¡Vamos!

Y se abalanzó hacia la salida del jardincito, entusiasmado de nuevo con la idea de enfrentarse a sus enemigos.

Entonces Felicita se asomó al portal, se había puesto su disfraz de gitana, cosido por ella misma, y quería presumirlo delante de sus amigos. Olía a agua de lavanda y había pasado una mota de polvo de arroz por su rostro. Estaba lista para el carnaval.

—¿Qué ocurre? —les preguntó al ver que se retiraban.

—¡Vamos al puerto en busca de los dueños del tesoro! —le explicó con rapidez el grumete.

La mujer contaba con ellos para divertirse en el carnaval y se sentó desanimada en el quicio del portal. Pata de Corcho admiró su falda de bolas y su mantilla gitana y sufrió una contradicción: ir con su acicalada amiga a la gran fiesta o lanzarse al ataque contra sus enemigos para quedarse con el tesoro.

—Uhmmm —farfulló con rudeza antes de partir—. Un pirata siempre escogería la batalla.

—Volveremos tan pronto demos con los dueños del tesoro —se despidió apresurado Gregorio, que sentía dejar a Felicita vestida de fiesta. Era muy especial en su trato con las damas y no quería verla envuelta en la contienda. El grumete admiraba a los caballeros antiguos de las novelas que alejaban a las señoras de los peligros y eran capaces de morir por defenderlas. Después de leer esos libros veía a las mujeres como mansas palomas, flores delicadas, pétalos de rosas, finas maripositas a las que había que cuidar. Y no era mala su filosofía. Sin embargo, muy pronto otra persona del sexo femenino, que no era Felicita, estaría tan metida como ellos en aquella peligrosa aventura, y lo iba a dejar pasmado con sus habilidades.

Felicita les dijo adiós preocupada: Cararrajada no era precisamente la compañía que deseaba para sus amigos en este día de carnaval.

7

El carnaval

El carnaval ya había empezado. La gente estaba en la calle y Felicita decidió no quedarse sola en casa. Era popular por su buen carácter y porque, además de ganarse los centavos con la lavandería, hacía bonitas vasijas de barro, hábilmente pintadas, para las que casi nunca le faltaba comprador. Quienes la reconocían en su disfraz de gitana la saludaban con alegría.

—¡Felicita! —la llamaron unas amigas lavanderas y se sumó a su grupo.

Y aparecieron los personajes más populares del carnaval, los "Vejigantes", o diablos, con sus vejigas de cerdo infladas. Delante de ellos corrían los "Negritos" para que no los azotaran con las vejigas, y detrás venía la "Muerte". Era todo un espectáculo. Los estribillos decían:

Vejigante a la bolla
Pan y cebolla.

Vejigante está pintao:
de verde, amarillo y colorao.

Toco toco toco toco
vejigante, come moco.

Los tambores sonaban magistralmente tocados por las expertas manos de hijos y nietos de africanos, magníficos músicos nacidos en el Caribe. Los hombres y las mujeres, los viejos y los niños bailaban con gran ritmo: negros, blancos, mulatos. ¡Todo San Juan y sus alrededores estaba en la fiesta! La gente bebía ron, cerveza y vino. Una mujer gritó: alguien acababa de arrancarle su bolso de las manos; el ladrón, encubierto por una máscara de cara de chivo, se perdía en la multitud. Casi enseguida la mujer se repuso y se tocó el busto, donde realmente guardaba su dinero, y se rió.

—Ese bolso era parte de mi disfraz, sólo llevaba adentro un viejo abanico —terminó por decir con desenfado y siguió en su diversión.

Felicita se había sumado al baile y las bolas de colores de su vestido se movían de un lado a otro al son de la cadenciosa música. Bailaba muy bien y hacía un difícil pasillo, en el que las caderas parecían moverse independientes de la cintura, cuando alguien la empujó para que abriera paso. Detrás de aquel maleducado que avanzaba dándole la espalda, caminaban diez personas de baja estatura con las caras cubiertas por caretas hechas de cocos que imitaban el feo rostro de un

extraño pájaro. Las caretas eran todas muy parecidas, como hechas con un modelo único y por un mismo artesano. La hilera de los diez menudos hombres iba unida por una fina cadena dorada que podía parecer de adorno, pero que en realidad enlazaba fuertemente la cintura de un hombre con la del otro. Era una peculiar cadena que había sido diseñada por el dueño de un circo para amarrar a sus monos en un número que la gente aplaudía bastante. Los monos se habían muerto a causa de una epidemia y la cadena dejó de serle de utilidad, por lo que la vendió al mejor postor.

Tres guardianes, además del que iba delante, parecían escoltar la hilera de los hombres encadenados. La gente los dejaba pasar como si se tratara de una rara comparsa, aunque quienes los acompañaban no tenían aspecto de guías de comparsa sino de sabandijas; pero nadie se asombraba del aspecto de los demás en día de carnaval. El que había empujado a Felicita se volteó para comprobar si todo iba en orden en la hilera: era Cararrajada.

Un bailador borracho quiso romper la singular comparsa y se paró delante de ellos. Daba inestables pasillos y al parecer esperaba que le siguieran el ritmo. Como la fila se quedó estática, el borracho extendió la mano para arrancar la careta de pájaro del que tenía más cerca.

—¿No sabes bailar? —le dijo y le quitó la máscara.

Felicita vio el rostro largo y estrecho de ojos rasgados de un jovenzuelo que miraba con susto alrededor. Era un asiático. Inmediatamente el borracho que lo había descubierto cayó al piso, el más pequeño de los hombres de Cararrajada lo había golpeado en las corvas para hacerle perder el equilibrio.

El joven asiático que había quedado al descubierto miró a su alrededor, nadie le prestaba atención al incidente; sólo la hermosa mujer de traje de bolas que tenía delante lo miraba asombrada.

—Por favor... —empezó a decirle el joven a Felicita.

Pero no pudo decir más. Bigotes volvió a actuar con rapidez y lo empujó hacia delante, con lo que toda la fila se movió jalada por la cadena que los enlazaba. Y como para dejar helada a Felicita, Bigotes levantó su camisa, bajo la cual asomaba un inmenso pistolón. Ella enseguida tomó en cuenta el arma, aunque con su pensamiento práctico de mujer de pueblo se preguntó si no sería mejor para aquel alfeñique cargar una pistola de menor tamaño.

La hilera terminó de cruzar la calle. En aquel instante arreció la música, y los que aún miraban el baile desde la acera saltaron también al centro para seguir enloquecidos el ritmo de los tambores. Felicita no pudo escapar del tumulto, sólo logró abrirse paso al cabo de un rato. Y como la pistola de Bigotes y la asustada cara del joven coreano le habían quitado el ánimo, regresó cabizbaja a su casa: ¡ojalá pudiera contarle a Pata de Corcho y a Gregorio lo que acababa de ver! Sin embargo, en aquel momento sus amigos avanzaban justamente en dirección contraria a donde eran llevados los infelices campesinos, es decir, avanzaban hacia el puerto. Y ya llegaban a los muelles cuando el pirata dijo con autoridad:

—¡Eh, grumete, buscaremos nuevamente en el barco!

—Ahora es más difícil entrar a *El vogante* —replicó Gregorio—. Ya acabó la actividad de los estibadores y los marineros de guardia estarán alertas. ¡No nos dejarán pasar! Además, he revisado el barco antes, debes creerme: los dueños del tesoro ya no están ahí. ¡Busquemos en los alrededores!

—¡Bah!, qué sabes si están en otro sitio del barco. ¿Acaso revisaste en las calderas? No, no revisaste en las calderas. ¡Yo lo haré! ¿Crees que unos comunes marineros podrían detener a un pirata de mi nivel?

De nuevo Pata de Corcho volvía a sus ínfulas. Gregorio prefirió dejarlo solo mientras él averiguaba con los dos viejos serenos del puerto que caminaban por los muelles atentos a los ladrones.

—Buenas noches, caballeros —les dijo. Y para inspirarles confianza se paró bajo una luz de manera que aquéllos pudieran ver su honesta cara.

—Buenas noches —contestaron extrañados de encontrar a un jovencito solitario en días de carnaval.

Gregorio se aventuró:

—Busco a unos amigos para invitarlos a la fiesta. Tal vez pasaron por aquí: son diez, tienen el pelo negro y los ojos rasgados —dijo tratando de describir a los coreanos tal como se los imaginaba—. ¿Los han visto?

El más viejo le preguntó:

—¿Será que buscas a esos hombres que hablan sin la erre y tienen la piel algo amarilla?

—Bueno, señores, puede ser que sí... —accedió con esperanza, pues era muy probable que respondieran a aquellas señas.

—Pues no, no hemos visto a chinos por aquí —volvió a decir el viejo—. Pregunta por ellos en la ciudad, suelen vender frituras o trabajar en las lavanderías.

La gente acostumbraba a llamar chinos a todos los asiáticos, aunque éstos fueran de Corea, Filipinas, o de cualquier otro país del lejano continente. Los serenos notaron la decepción de Gregorio.

—No encontrarás a nadie hoy —le dijo el otro sereno—. En carnaval el puerto está desierto.

—Sí, hasta que empiezan a regresar los marineros borrachos durante la madrugada —confirmó el más viejo.

A pesar de aquellos comentarios, Gregorio siguió su inspección del territorio. Un perro ladró y corrió hacia unos barriles de madera vacíos cuyas tapas descansaban tiradas en el piso. Perseguía a un gato que saltaba por encima de los barriles sin

fallar en su cálculo de alcanzar siempre el borde del barril siguiente. El gato brincaba con habilidad y Gregorio se acercó para ver cómo terminaba aquel asunto. La fantástica fuga del gato merecía público, y ahí estaba él para admirarlo. Contó los barriles:

—...Seis, siete, ocho, nueve, diez...

Era una hazaña la del minino, pensó. De repente otro pensamiento le vino a la cabeza y volvió a contar:

—¡...nueve, diez...!, ¡diez barriles vacíos! —se dijo y se dispuso a inspeccionarlos con detalle.

Cada uno de los diez barriles estaba totalmente seco y tenía dos o tres agujeros. Su tamaño era bueno para ocultar a un hombre.

Recordó haber visto a unos flacos estibadores descargar aquellos barriles de *El vogante*. Y también se acordó del barril que se bamboleaba cuando el más enclenque de los estibadores que lo rodaba por el muelle se detuvo para descansar. Pues claro, se movía solo porque era un barril habitado, y su habitante no estaba nada contento de estar dentro de él. Estos barriles no habían bajado del barco llenos de vino pues tenían agujeros y, hasta donde él sabía, por los agujeros siempre se escapaba el vino. No era la primera vez que un barril le servía a los polizones para viajar gratis en los barcos; eso solía suceder con frecuencia en Canarias. Entonces, ¿por qué no podían servir también para transportar viajeros involuntarios, como por ejemplo, pasajeros secuestrados?

Sí, lo que ahora tenía delante parecía ser la evidencia de que Cararrajada y sus secuaces habían raptado a los campesinos coreanos, dueños del tesoro, en aquellos barriles. Y lo peor era que a estas horas ya los podían haber llevado lejos del puerto.

Lamentablemente Gregorio no se equivocaba: aquel plan perfecto había ocurrido exactamente como él acababa de imaginar. Apenas el grumete terminaba de llegar a su conclusión, cuando sonó el silbato de los viejos serenos. En uno de los barcos empezaba una reyerta y gritos ofensivos resonaron en el puerto.

—¡Largo de aquí, ladrón! —le gritaban los marineros de *El vogante* al robusto hombre que se dejaba caer por la escalerilla.

Gregorio escuchó la atronadora voz de Pata de Corcho.

—¡Por Belcebú, soy pirata, no un vulgar ladronzuelo de baratijas!

—¡Ja! —se burlaban desde *El vogante*—, ¡tan pirata como nuestra abuela! Mueve tu esqueleto, si te vemos de nuevo por aquí no harás el cuento.

Gregorio distinguió los sonidos que emitía Pata de Corcho cuando estaba iracundo. No obstante, lo vio moverse apurado en retirada con sus pasos balanceantes mientras evadía los pescados secos y las frutas podridas que le lanzaban los marineros desde el barco. Llevaba el estómago sospechosamente más abultado que de costumbre.

Cuando por fin llegó hasta Gregorio, le dijo en tono seguro:

—Revisé todo el barco y en él no hay nada parecido a un coreano, aunque sí encontré en mi camino este jamón —dijo y sacó un hermoso jamón serrano de abajo de su camisa. Había colocado la pata del jamón entre su cintura y el cinto de su pantalón.

Por más que Pata de Corcho le gritara a los marineros lo contrario, aquello era un vulgar robo. Gregorio lo miró con dura expresión.

—¡Bah, tenía que darles una lección! —trató de explicarse.

El grumete siguió serio. Como buen marinero, odiaba a los ladrones de barco.

—En verdad lo robé porque no quería levantar sospechas sobre nuestro plan. Es preferible que piensen que fui por otras razones —y señaló al jamón—. Si los marineros son cómplices de Cararrajada en el rapto de los dueños del tesoro, no deben saber que andamos tras sus pasos.

Era la primera vez que Pata de Corcho se justificaba por una acción y Gregorio lo tomó en cuenta. Pero no podían seguir hablando del jamón ahora, había que actuar aprisa. Y se apresuró en aclarar:

—Los campesinos fueron sacados del barco en estos barriles —afirmó y los señaló—. Estoy seguro.

Pata de Corcho miró los barriles con curiosidad. Introdujo su grueso dedo índice en uno de ellos y lo sacó tan seco como si lo hubiera puesto a orear. Sí, los barriles agujereados eran una bonita manera de sacar personas de los barcos sin que nadie lo notara, y estaba seguro que Cararrajada también conocería aquel truco. El imberbe grumete podía tener razón. Entonces se metió los dedos en la barba para pensar. Al cabo de unos instantes dijo:

—¡Ja!, ya se dónde los podemos buscar.

—¿Dónde? —quiso saber Gregorio.

—¿Quieres que te lo explique ahora? —dijo el pirata con una sonrisa irritante.

—Sí —confirmó Gregorio, que no quería arriesgarse en esta aventura sin saber adónde iba.

—Pues bien —dijo Pata de Corcho—, iremos recto, luego doblaremos a la izquierda, después a la derecha, de nuevo recto y a la izquierda, y entonces a la derecha y...

—Por favor, podrías ser más específico —le pidió Gregorio impaciente.

—Claro que sí. Ahora tomaremos por la calle Cruz hasta pasar la Plaza de Armas, luego doblaremos hacia la Catedral y seguiremos por la calle Cristo hasta la Beneficencia, apenas lleguemos a la otra plaza vamos a tomar la calle que atraviesa la muralla para llegar a nuestro destino. ¿Si está lejos?... ¡Bah!, eso depende del tamaño de tus piernas, no es nada para mí... —dijo y alzó orgulloso su pata de palo.

Iba a empezar a fanfarronear cuando Gregorio lo interrumpió muy molesto por el regodeo.

—¿Pero adónde vamos?, ¿exactamente a qué lugar?

—¡Ah, eso ya lo verás! —dijo y se puso a silbar.

Pocas veces Gregorio se exasperaba, pero desde que conocía a este irritante hombrote le pasaba con frecuencia. Si echó a andar detrás de él ahora era porque no quería entrar en una discusión que los haría perder tiempo. Después de caminar bastante rato y doblar, y volver a doblar como había anunciado Pata de Corcho, llegaron al "lugar". Enseguida el grumete pensó que no estaba en el mejor sitio, y mucho menos a aquellas horas de la noche: habían llegado a la entrada del cementerio. Pata de Corcho se metió por un agujero entre la reja y el muro, su barriga engrosada por el jamón apenas podía entrar, hasta que al fin alcanzó el otro lado. Gregorio se quedó parado afuera, las cruces iluminadas por la luna lo impresionaban, y no creía que fuera correcto ir a molestar a los que allí descansaban. Pata de Corcho le hacía señas para animarlo a entrar.

—¿A quién buscamos en el cementerio? ¡Ahí no hay más que muertos! —se defendía Gregorio.

Pata de Corcho lanzó una carcajada que sonó irreverente en el camposanto, luego dejó escapar uno de sus mordaces comentarios.

—¡Bah, me acompaña un pez miedoso!, ¿qué eres, una temblorosa sardina? ¡Entra! A los piratas nos temen hasta los muertos.

Pero en ningún caso Gregorio era un pirata, por lo que insistió en quedarse en su sitio.

Enseguida sintieron pasos. Pata de Corcho se apresuró a ocultarse detrás de una tumba y se mantuvo en silencio. Tal vez ni siquiera escuchaba los desesperados "psssiss" que emitía Gregorio para llamar su atención e indicarle que saliera. Podía ser que otra vez le hubiera regresado aquella sordera que le iba y le venía de una manera muy caprichosa. Como los pasos estaban más cerca, y ya no había tiempo para huir sin llamar la atención, Gregorio se pegó al muro de la entrada lo más que pudo para tratar de que no lo descubrieran en la oscuridad.

Y, en efecto, alguien se acercaba entre las tumbas. Era un hombre cubierto por una capa y con un raro sombrero de tricornio en la cabeza; un gran perro negro avanzaba a su lado. El perro empezó a ladrar inquieto y, de pronto, se lanzó a la carrera hacia la tumba detrás de la cual se había ocultado Pata de Corcho. Gregorio sudaba sin despegarse del muro. Pronto Pata de Corcho aullaría despedazado por el gran mastín si él no hacía algo para ayudarlo; miró alrededor en busca de un palo que le sirviera para ahuyentar al inmenso can. Y en aquel momento retumbó la familiar risotada de Pata de Corcho. El pirata salió divertido de atrás de la tumba y le dio varias palmadas al perro, que saltaba y movía la cola de alegría por el encuentro.

—¡Basta, Fico! —le dijo al perro. Luego exclamó dirigiéndose al hombre del tricornio—: ¡Por Belcebú que me alegra verte, Brasiliano!

—¡Por todas las ratas del infierno que a mí también! —dijo Brasiliano, el guardián del cementerio, y se quitó el sombrero antes de chocar su mano derecha tres veces en el aire con el recién llegado, en lo que después supo Gregorio que ellos llamaban "el saludo especial de los piratas".

8

El amigo de Pata de Corcho

En su cabaña de cuidador del cementerio, Brasiliano destapó una botella y sirvió tres vasos de aguardiente. Pata de Corcho sacó el jamón de su camisa y lo puso sobre la mesa. Con un cuchillo lo partió en pedazos.

—¡Bah!, pierdes el tiempo, este chico no es como nosotros. Deja ese vaso también para mí, ya me hace falta repetir —le dijo Pata de Corcho, que ni siquiera había empezado a beber del suyo, y de un tirón se empinó el vaso de aguardiente que su amigo había destinado a Gregorio.

—Te comprendo, debe ser como los "riquillos" que llegaban de excursión a la laguna. ¿Te acuerdas? —y lanzó una carcajada al recordar cómo aterrorizaban a los niños de los visitantes que los fines de semana acudían a conocer los lugares cercanos a San Juan, donde los dos amigos vivieron su infancia.

—Uhmmm... —dijo Pata de Corcho mirando a Gregorio, que había salido de la choza para admirar de cerca a Fico, el gran mastín—: No, no creas, éste es bastante listo, ¡bah!..., mejor dejemos ese tema, no es hora de hablar de cosas de chicos —y acto seguido puso al tanto a Brasiliano del tesoro que estaba por caer en manos de Cararrajada.

A Brasiliano se le iluminó el semblante. Pata de Corcho lanzó un contagioso grito de júbilo, entonces en la cabaña se escuchó el llanto de un niño.

—Oh, hemos despertado a Felito, siempre lo asustan los ruidos extraños. Como éste es un lugar tan silencioso...

Brasiliano se levantó para consolar al niño. Dos años atrás había muerto su mujer y desde entonces el guardián tuvo doble función: cuidar tumbas y atender a su pequeño hijo. Pronto aprendió a preparar los biberones y, entre ronda y ronda en el cementerio, calentaba la leche o cocinaba las viandas que luego convertía pacientemente en puré para alimentar al niño. Pata de Corcho respingó. Había olvidado al hijo de su amigo y se encogió con timidez. Brasiliano regresó a la mesa.

—No te preocupes, pronto volverá a dormirse.

Gregorio había entrado curioso a la choza cuando sintió el llanto del niño. Se sentó junto a los rudos hombres y, al fin, se enteró de adónde quería llegar el pirata.

—Me han dicho, Brasiliano, que la banda de Cararrajada anda por estos lugares, ¿acaso los has visto?, ¿sabes dónde se ocultan? Tengo que encontrarlos, disfrutaré mucho rompiendo sus planes, me vengaré...

Y en el tono más confidencial del que era capaz su ronca voz, Pata de Corcho le contó a Brasiliano su intención de apoderarse del tesoro.

—Sí, he visto a esos truhanes por aquí, pero no se acercan mucho pues le temen a mi perro y a mi escopeta. Creo que se ocultan en el viejo caserón que está cerca de la garita derruida de la muralla, hacia el este. Es un sitio solitario.

—¡Ah!, ese tesoro no caerá en sus manos. ¡Lo juro! Después de tantos años de pirata, si alguien lo merece, ¡ése soy yo!... ¡Y tú también, Brasiliano, ayúdame a rescatarlo y lo compartiremos!

Brasiliano conocía muy bien aquella obsesión por tener un tesoro, fue un sueño que tuvieron juntos desde chicos, aunque él ya había olvidado las quimeras. Ahora trabajaba de sol a sol, y de luna a luna, y había dejado de ser un presuntuoso pirata para convertirse en un honesto guardián de cementerio. No podía arriesgarse a dejar a su hijo totalmente huérfano, por lo que prefería seguir su simple vida y no andar detrás de tesoros ajenos. No obstante, lo unía a Pata de Corcho una fuerte amistad.

—Es cierto, lo tendrás, Paco —y lo llamó por su nombre como en los más viejos tiempos—, pero yo no merezco el honor de compartirlo contigo. Ahora soy un simple guardián, y lo peor es

que sólo me siento bien en este lúgubre lugar...
—dijo y se empinó otro vaso de aguardiente—.
Sin embargo, puedes contar conmigo. Tal vez
puedo ayudarte a guardar el tesoro en una tumba, o a enterrar a tus enemigos, si por fin das
cuenta de ellos...

Brasiliano sabía que su amigo se sentía
importante cuando fantaseaba con dar cuenta de
sus enemigos. El aguardiente empezaba a hacer
efecto en los dos, y como el tesoro aún estaba en
un sitio desconocido y ni siquiera le habían puesto los ojos encima a sus verdaderos dueños, ter-
minaron por olvidarlo por un rato para empezar a
hablar de los viejos tiempos.

—¿Te acuerdas, Pata de Corcho, del inmenso manatí que se acercaba a la costa y sacaba la
cabezota delante de nosotros? Nunca supimos si
entendía lo que hablábamos porque a veces se
quedaba atento durante mucho rato a nuestro ba-
rullo.

—Ah, sí. ¿Y recuerdas, Brasiliano, aquella
garza blanca a la que le curaste la pata? ¡Bah!,
aquella garza te debía la vida y ni siquiera dio las
gracias cuando se marchó. Pero ésas eran tonta-
das nuestras, porque los animales no son más que
animales, y si los tomamos en serio es porque so-
mos más animales que ellos mismos. Si alguien
nos tiene que estar agradecido en verdad, no es
otro que el tonto Fabricio. A él sí lo rescatamos a
pedradas de los contrabandistas que lo tenían de
esclavo. ¿Te acuerdas? Tenía que cargarles la

mercancía y servirles y hacer todo lo que ellos quisieran. ¡Y para colmo le daban una paliza de vez en cuando! Bueno, una cosa es ser pirata y otra que me gusten los esclavos. Ya sabes que los piratas no teníamos esclavos. Y además, Brasiliano, aunque me haya convertido en el más terrible de los hombres, ¡no puedo olvidar las enseñanzas de mi abuela...!

Gregorio estaba muy atento a la conversación. Al escuchar a Pata de Corcho hablar de su abuela se quedó en vilo. ¿Acaso la abuela no era una aguerrida mujer descendiente de un pirata de La Isla de la Tortuga? ¡Bah!, eso ya lo sospechaba. En cualquier caso, al pirata acababa de soltársele la lengua y Gregorio aprovechó para enterarse.

—Sí, mi querido Brasiliano, a ti no te puedo engañar. Mi abuela siempre hablaba con tristeza de las personas maltratadas porque ella misma fue una esclava... ¡Ah, mi abuela, mi pobre abuela negra...!

Y soltó unas lágrimas que le corrieron por la barba adornada aún por algunos trocitos de jamón. Por la conversación que siguió, Gregorio pudo sacar en claro algo real sobre la vida de Pata de Corcho. El hombretón no sabía quién había sido su padre, sólo recordaba tristemente a su madre, que lo había abandonado para escaparse a Santo Domingo con un malhechor al que perseguía la justicia. Tenía nueve años cuando ésta lo dejó a su suerte en la entrada de un caserío cerca de la laguna. De la tristeza y vergüenza, el mucha-

cho se escondió en los manglares cercanos y vagó
solitario durante días. Comía huevos de aves y
dormía en cualquier sitio en el que pudiera libe-
rarse de los mosquitos; a veces hasta se enterraba
en el fango para evadir las picadas y el frío de las
madrugadas. Así se fue convirtiendo casi en un
animalito más del paisaje, hasta que un día resba-
ló de un alto mangle a donde subió para alcanzar
un nido y fue a estrellarse contra una roca. Su
pierna izquierda quedó arruinada y él perdió el
conocimiento. Una viejita negra, que vivía en una
choza de la laguna, lo encontró desmayado cuando fue a cortar unos pedazos de mangle rojo para
sus cocimientos. La buena viejita buscó ayuda. Enseguida los hombres del caserío llevaron al herido hasta el curandero, que le aplicó sus remedios,
pero de todas formas la pierna del chico se infec-
tó y cada vez estuvo peor. Entonces fueron en
busca del médico que a veces llegaba a la región
para atender por caridad a los pobres. El buen
doctor accedió a viajar hasta el caserío.

—¡Tiene gangrena! —dijo al revisar al en-
fermo—: Hay que cortarle la pierna, sólo así se
salvará —y sacó sus instrumentos.

Desde entonces al muchacho le faltó la
pierna izquierda, y también desde entonces se
quedó a vivir con la viejita en la laguna. Con
madera de mangle y un duro pedazo de corcho que
trajo el mar se hizo su primera pata de palo,
que aprendió a manejar muy diestramente en
aquellos suelos fangosos. Pronto se convirtió en buen

pescador, y todos los días capturaba cangrejos y pescados que la buena vieja cocinaba en un pequeño fogón de leña. En las noches, alumbrados por un sencillo mechón, la viejita le contaba de los viejos tiempos, cuando los esclavistas la secuestraron cerca de su aldea en la selva de África y la trajeron en un barco a esta isla del Caribe, a Puerto Rico, para hacerla trabajar en los cañaverales. La pobre mujer aún lloraba al acordarse de sus hermanitos que se quedaron en África, a los que nunca volvió a ver.

Aunque su vida en la casita del caserío cerca de la laguna fue muy pobre, el pirata la recordaba con emoción. Conoció a otros chicos que también habían venido al mundo con poca suerte, y con ellos vagabundeaba por los alrededores mientras hacían lo posible por molestar a los que se acercaban a aquellos lugares. Eran el azote de la zona, no había ser que pasara cerca sin recibir una plántula de mangle a manera de flecha, o un huevo de gallareta en la cabeza. Uno de aquellos indómitos muchachos era precisamente Brasiliano. Y fue en aquellos tiempos cuando el chico abandonado por su madre, cuyo nombre había sido Francisco, y a quien llamaban Paco, obtuvo un sobrenombre de guerra y se convirtió en "Pata de Corcho"; y también entonces empezó su fantasía de ser pirata. Él mismo reconocía a los cuatro vientos: "Soy un pirata de todos los mares", gritaba desde su botecito de buscar cangrejos, "soy el más temible de todos los piratas".

Gregorio seguía atento, y ahora comprendió que Pata de Corcho había vivido muchos años en aquella fantasía. Entonces el hombrote se incorporó, y de pie aseguró con su vozarrón que ya era tiempo de ir en busca del tesoro, y se movió hacia la salida con pasos más tambaleantes que de costumbre; sí, era hora de ir al rescate de los campesinos coreanos secuestrados, pensó Gregorio, que también se incorporó. Brasiliano estaba eufórico por los recuerdos de los viejos tiempos y no quiso quedarse, fue en busca de su escopeta y de su hijo, a quien cargó dormido para llevarlo a la batalla. No podía dejarlo solo. Pata de Corcho lo detuvo.

—No, tú no irás. Debes quedarte para que guardes nuestra retirada, si acaso fuera necesario. ¿Podrás? —preguntó Pata de Corcho, aunque estaba seguro de cuál sería la respuesta.

—¡Podré! —contestó Brasiliano con la lengua enredada, dejando a un lado la vieja escopeta.

Y volvieron a chocar tres veces la mano derecha en el aire de aquella original manera a la vez que exclamaban:

—¡Pacto de piratas!

9

Un vagabundo con
careta de brujo

Pata de Corcho y Gregorio dejaron atrás el cementerio para dirigirse a la guarida de los bandidos. Los carnavales seguían en la ciudad, aunque ya no todo el mundo se divertía: una mujer disfrazada de gitana había perdido la alegría de la fiesta y regresaba a su casa con la esperanza de que estuvieran de vuelta sus amigos. Pero no fue a ellos a quienes halló cuando llegó al pequeño portal, perfumado a aquellas horas de la noche por una enredadera de jazmín, sino a otro personaje con careta de brujo que saltó a su encuentro. Afortunadamente una risa conocida salió de abajo de la careta.

—¡Carilda!

La chica se quitó la máscara. Vestía como un vagabundo, con amplios pantalones de parches y una vieja librea de cuando la isla aún era una colonia de España, que ella misma había rescatado de la canasta de un ropavejero. Siempre le daban en su casa algunas moneditas para su disfraz en días de carnaval.

—¡Hola, tía!, debes cuidarte los nervios —le dijo desvergonzadamente. Hizo una reverencia y dio dos vueltas con la careta en la mano, como si estuviera en una pasarela de modas.

—¿Cómo has venido tan tarde? —le preguntó Felicita, aunque bien sabía cómo había venido. El padre de Carilda era conductor del tranvía eléctrico entre San Juan y Río Piedras, donde ella vivía.

—Tardé en completar mi disfraz, no encontraba un buen sombrero —dijo y se hundió aún más su descolorido sombrero de hongo en la cabeza—. ¡Mi padre me dejó en la estación pues él debía manejar el tranvía de vuelta a Río Piedras.

—Por Dios, Carilda, es peligroso para una chica caminar sola en noches de carnaval. La estación está lejos.

—¡Bah!, hoy no soy una chica, ¡soy un vagabundo! Nadie se interesa en los vagabundos —dijo—, no tenemos nada que se nos pueda robar —y volteó sus bolsillos para demostrar que decía la verdad.

Había interiorizado bien su papel y Felicita se echó a reír.

—¡Vamos al carnaval! —concluyó Carilda con entusiasmo.

Felicita agarró una de las manos que sobresalían de la librea, su sobrina traía ánimos de diversión. Pero aunque ella hubiera querido regresar despreocupada al baile, no podía olvidar-

se del feroz rostro de Cararrajada y de la pistola que le mostró amenazador Bigotes.

—¡Por la luna y el sol y todos los planetas! —dijo Carilda, que no sabía las preocupaciones que tenía Felicita en su cabeza—. Perdón, tía, tu cara parece de funeral. ¡Car-na-val!, eso es lo que es hoy. ¿O acaso te sientes mal? Por cierto, está muy bonito tu disfraz.

Esta chica no la dejaría en paz si no le contaba la verdad. Como a pesar de sus extravagancias Carilda era de confiar, Felicita se dejó caer en un sillón, sacó los pies de sus zapatos de tacón y, entre un balanceo y otro, le narró toda la historia. Empezó por hablarle del tesoro y de los coreanos perdidos, tal como horas antes le había hablado a ella el propio grumete del trasatlántico *Infanta Isabel*. Luego le contó cómo se había encontrado con los dueños del tesoro en una situación bastante desventurada cuando eran llevados por los hombres de Cararrajada en dirección contraria al puerto.

—¡¿Los viste?! —exclamó Carilda muy interesada.

—No sólo los vi, sino que hasta me pidieron ayuda.

—¡Diez coreanos secuestrados! Vaya, si precisamente acabo de leer una historia de secuestros... Uhmmm, me interesa este caso —dijo excitada—: ¡Diez personas con careta de pájaro desaparecen en medio de la noche de carnaval! ¡Uuuhuuuyyy! —chilló exaltada.

La mujer vestida de gitana empezaba a arrepentirse de haber hablado; a Carilda le sobraba imaginación, vaya si le piaban mil y un pajaritos en la cabeza. Pero éste no era un asunto de juegos, por lo que se apuró también a mencionarle el inmenso pistolón de Bigotes y la desagradable expresión de Cararrajada. *El vagabundo* no pareció intimidarse; por el contrario, sugirió con entusiasmo:

—¡Volvamos al carnaval! Puedes usar mi máscara, de esa manera no te reconocerán. A lo mejor vemos de nuevo a los dueños del tesoro y podemos ayudarlos.

—¿Y si regresan mis amigos? Quisiera hacerles saber... —dijo Felicita dudosa.

—Les dejaremos un mensaje...

A Felicita no le pareció descabellado.

—Está bien —finalmente se dejó convencer—. Quizás ese truhán de Pata de Corcho ya se olvidó de buscar tesoros y también lo encontramos en el carnaval.

Y volvió a calzarse los zapatos para salir. Pero antes le pasó el lápiz y el papel a Carilda para que escribiera el mensaje, porque ella misma, Felicita, no era hábil en cosas de estudios. ¡Bah...!, en los viejos tiempos solamente mandaban a los niños a la escuela, no a las niñas, lo cual era muy absurdo. En cambio, Carilda aprendía ahora aritmética y geografía, inglés y español, historia, música... y, por supuesto, caligrafía, por lo que escribió con buena letra:

Gregorio y Pata de Corcho:

Yo soy Carilda y he venido desde Río Piedras para ayudarlos a encontrar a los dueños del tesoro. Les advierto que a éstos les va muy mal porque ya están en manos del peligroso Cararrajada. Mi tía Felicita los vio pasar en el carnaval. Iban enlazados por una fina y fuerte cadena dorada, con los rostros ocultos bajo caretas de pájaro, y andaban en fila como los soldados, pero no exactamente como los soldados ya que dice mi tía que no marchaban con marcialidad sino que caminaban con timidez y muy asustados. Los escoltaban Cararrajada y sus hombres, que los llevaban en dirección contraria al puerto.

Nosotras ahora regresaremos a los carnavales. Vamos en busca de "los pájaros" para tratar de seguirlos. Todo esto es muy peligroso y emocionante y estoy contenta de haber venido (aunque no estoy segura de que los coreanos la estén pasando tan bien como yo).

Sin nada más que decirles, o bueno, sí: ¡hasta la vista!,

Carilda y Felicita.

E hizo que Felicita firmara la carta para que Pata de Corcho no dudara de que la nota era original. Y Felicita firmó por complacerla, aunque sabía que las entendederas del pirata no estaban preparadas para percibir esas sutilezas. Después de firmar salieron de la humilde casita. La mujer vestida de gitana había recuperado su ánimo y andaba ligero, mientras que la jovencita de once años, de perfecto disfraz de vagabundo, que caminaba a su lado se movía con tanto desenfado como si fuera el más auténtico de todos los chicos vagabundos que hubiera existido alguna vez en las empedradas calles del viejo San Juan.

10

Carilda creía en los cuentos

Carilda y Felicita iban muy atentas por las calles del carnaval. Al cabo de un rato no habían tropezado con la falsa comparsa de los "caretas de pájaro", ni con el feo rostro de Cararrajada. Entonces trataron de distinguir el monumental corpachón de Pata de Corcho. A lo mejor se había olvidado del tesoro y ya andaba jactancioso por el carnaval, comiendo, bebiendo y bravuconeando sin medida, como hacía cada año.

—¿Ha visto usted a un hombre alto y barbudo, con una pata de palo? —le preguntaron a unas personas que desde la acera observaban la fiesta.

—No, no hemos visto a nadie disfrazado de pirata.

—¿Y a uno de expresión feroz con una cicatriz que...?

—Bueno, bueno, hay todo tipo de caretas en el carnaval... —fue toda la respuesta que obtuvieron.

Ya habían dado unos pasos cuando Felicita se detuvo en seco.

—¡Allí, veo uno allí! —exclamó—. ¡Aquél de la careta de pájaro es un coreano! —le aseguró a Carilda y señaló a un hombre con careta de pájaro que se alejaba entre la gente.

—¡Vamos a alcanzarlo! —dijo Carilda, que sin perder tiempo se lanzó detrás de él seguida de Felicita.

El hombre avanzaba lento a causa del gentío. Por fin llegaron hasta él y Felicita jaló su manga de la camisa.

—Ay, señor, al fin lo alcanzamos —le dijo agitadísima, y no tardó en expresarle—: Queremos ayudarlos, ¿dónde están los demás?

El hombre se quitó la fea careta: tenía el pelo ensortijado, los ojos verdosos y no se parecía en nada a un coreano común. Además, les preguntó asombrado:

—¿Y yo para qué necesito ayuda?

Ciertamente era difícil encontrar a alguien en días de carnaval, pensaron Carilda y Felicita y volvieron atrás decepcionadas. Entonces cambiaron de táctica. Carilda sugirió:

—Si los dueños del tesoro quieren que alguien los encuentre, seguramente dejaron alguna señal en la calle por donde desaparecieron.

Carilda era de ese tipo de personas que creen en los cuentos infantiles, y acababa de recordar un cuento donde ciertos niños perdidos en el bosque dejaban granos en su camino para

que los hallaran. Y encaminaron sus pasos hacia
el callejón por donde Felicita había visto perderse a los coreanos. La lavandera miraba a su alrededor, alguna ropa se secaba en los balcones y
compadeció a aquella gente que no tenía un patio como ella para colgar las prendas lavadas; en
ese momento se sintió una mujer muy afortuna-
da. Carilda, por su parte, buscaba alguna señal de
los coreanos. De repente apareció en la acera un
botón de nácar.

—Pudo habérsele caído a cualquier persona, Carilda —le dijo Felicita con sentido común,
agarró el botón, lo sacudió y lo frotó contra su
ropa para verlo brillar.

Carilda no se dejó desanimar.

—Busquemos por aquí —dijo.

Como muchas veces la suerte es de los por-
fiados, apenas había caminado unos metros cuando lanzó otra exclamación: un botón igual al
anterior apareció ante sus ojos. A Felicita también
se le iluminó el semblante.

—Estamos en la pista —aseguró la chica-
vagabundo y se acomodó el sombrero.

Continuaron por la estrecha callejuela, donde más adelante hallaron en un lugar muy visible
otro nacarado botón. Estaban excitadísimas y siguieron la búsqueda. Apareció otro botón idéntico. Era evidente que alguien los había dejado caer
a propósito. Y así, la suerte las acompañó hasta
que habían logrado encontrar nueve botones.
Pero, de repente, por más que buscaron no en-

contraron ningún botón. Se habían alejado del bullicio de la fiesta y la calle donde desembocaba "el callejón de los botones" casi no tenía iluminación. Carilda se detuvo impaciente.

—Ni dentro de diez vueltas del planeta Tierra alrededor del sol los hallaremos —dijo en el lenguaje astronómico que a veces le gustaba usar—: ¡Diez años, tía Felicita, diez años nos demoraríamos en encontrar a los campesinos coreanos!

Y si a Felicita la idea de buscar botones le había parecido una falta de cordura, aquellas vueltas y otros asuntos raros de la Tierra la dejaban sin cuidado, siempre que a su casa no llegara un ciclón. El padre de Carilda solía recortar todas las noticias sobre planetas y galaxias lejanas que aparecían en las revistas que con frecuencia olvidaban los pasajeros en su tranvía. Felicita estaba segura que aquello de la astronomía era contagioso y miraba a Carilda preocupada. No obstante, en el caso de los botones, dedujo con su experiencia de lavandera:

—Es cierto, tardaríamos demasiado en encontrarlos. Sobre todo porque al dueño de los botones sólo le quedará uno por arrancar de su camisa; por lo general las camisas burdas sólo tienen diez botones. Y aunque así no fuera, ni la más complicada de las guayaberas pasa de tener veintisiete botones.

Carilda metió las manos en su amplio pantalón lleno de parches y caminó alrededor de un farol. Tal vez su tía tenía razón, ni siquiera veintisiete botones alcanzarían para dejar un rastro demasiado largo.

—Seguramente los bandidos los han llevado a su guarida. Todos los bandidos tienen una guarida.

A Felicita no le interesaba asomarse por ninguna guarida de bandidos, y se apuró a dar por terminada la búsqueda.

—Sin duda que tienen una guarida, pero ése no es asunto nuestro.

—Por favor, por favor..., ¡busquemos ese lugar!

—¡Ya basta! —respondió la lavandera, que tenía los pies muy bien puestos en la tierra—. ¡Todas las guaridas de bandidos son peligrosas! No daremos ni un paso más —dijo con firmeza y tomó el camino de regreso.

A pesar de Carilda, volvieron a la casa de tablas que la planta de jazmín mantenía deliciosamente perfumada. El mensaje que habían dejado para Gregorio y Pata de Corcho estaba en el mismo sitio, nadie había venido a verlas; y como ya era tarde, no quedaba más remedio que acostarse a descansar. Pronto la casa recuperó la calma, el disfraz de gitana de la lavandera descansó sobre una silla, y su dueña empezó a roncar bastante alto debajo de su mosquitero. Carilda, en cambio, daba vueltas en la cama sin poderse dormir. Después de un rato volvió a levantarse, se puso nuevamente su ropa y se dirigió a la puerta. Tal vez mirar las estrellas le resultaba más interesante que estar en

la cama, pensando en los campesinos desaparecidos, sin pegar los ojos. Con la salida de Carilda la
puerta chirrió, el pato se sobresaltó y las golon-
drinas del portal se espantaron, pero la lavandera
siguió en su sueño profundo. Y a decir verdad,
en esos momentos hasta soñaba con algo bastante agradable para ella, pues se veía sentada en un
columpio adornado de flores donde reía, mientras un hombre fuerte la impulsaba para que su-
biera alto. El hombre de sus sueños era Pata de
Corcho.

11

Gregorio por tercera vez en peligro

Mientras Carilda se desplazaba fuera de la casa de su tía creando cierto desorden en la tranquilidad de la noche, en otro lugar de la ciudad, el grumete del elegante trasatlántico *Infanta Isabel* y el hombretón barbudo de la pata artificial iniciaban una dificilísima misión: se hallaban en el caserón que servía de guarida a los bandidos.

—Debo subir yo —le decía Gregorio en un susurro a Pata de Corcho—, es un boquete muy pequeño el de esa ventana.

—¡Quééé! —sonó la ronca voz del pirata, que volvía a escuchar mal.

—Chissst... baja la voz, están adentro, pueden oírnos.

—Uhmmm... —farfulló el pirata, que esta vez sí oyó y no le hizo gracia que lo mandaran a callar.

Pero ya Gregorio le indicaba con señas que subiría al entretecho del caserón para espiar adentro, donde se oían voces. El pirata miró a lo alto, el agujero de la ventana era realmente estrecho, por él cabría el cuerpo del muchacho, pero nunca lograría hacer pasar su voluminoso abdomen. Entonces apretó la boca y extendió los labios hacia afuera, como solía hacer en algunas situaciones, entrelazó las manos y se inclinó un tanto para ofrecerle al grumete el peldaño de sus manos. Gregorio trepó hábilmente hasta los hombros del pirata, sus fuertes brazos de muchacho marinero alcanzaron el ático y su pie logró tocar una viga de madera que le sirvió de apoyo. Desde lo alto hizo una señal de que todo iba bien y se metió por el agujero. Ya estaba adentro de la destartalada habitación cuando, en el oscuro sitio, las ratas se espantaron y los murciélagos echaron a volar, algunos de éstos se dirigieron justamente hacia el lugar donde se hallaban reunidos los hombres de Cararrajada.

—¡Murciélagos! —exclamó uno de ellos, y su cara se transformó, le provocaban pánico los murciélagos.

Los demás se rieron.

—¡Ja, ja, ja!, el Sapo le teme a los murciélagos —se burló con desprecio Bigotes, el de baja estatura.

Al que habían llamado el Sapo se defendió:

—¡No les temo! —gritó nervioso y se paró dejando caer el burdo cajón de madera en el que estaba sentado. Y sacó su cuchillo para imponer respeto.

—Si no les temes cómete uno crudo —dijo otro de los hombres, que lanzó su sombrero contra un murciélago para hacerlo caer al piso.

El Sapo empezó a temblar. Entonces el dueño del sombrero agarró al murciélago con la mano y se lo acercó. Hubo una gran expectativa, el Sapo sudaba y los ojos parecían querer escapársele de las cuencas. Tenía esa aversión patológica a ciertos animales o cosas, a la que se le llama "fobia", y que quienes la padecen no la pueden controlar. Alzó el cuchillo y empezó a blandirlo en el aire, mientras gritaba como loco:

—¡Fuera de mí, desgraciados animalejos!

Desde arriba, Gregorio había logrado ubicarse en la apestosa buhardilla iluminada por la luz de la luna que entraba por la ventana, observaba el espectáculo por un agujero en el débil suelo de madera. Ciertamente los murciélagos le creaban terror a mucha gente. Sin embargo, él había oído a un sabio —que una vez viajaba en su mismo barco hacia México— hablar sobre los murciélagos. El sabio decía que en el mundo existen más de setecientas especies de murciélagos, pero que la mayoría se alimenta de insectos, frutas y néctar, aunque algunas comían aves, pequeños mamíferos, lagartijas y ranas. Y no era mentira que también estaban las que se alimentaban de la sangre de las vacas y de otros grandes mamíferos, es decir, los famosos vampiros capaces de contagiar la rabia a través de sus mordiscos; esa especie no existía en las islas del Caribe. A pesar de esto, Gregorio miraba al hombre que blandía el cuchillo, tal parecía que le había mordido uno de aquellos murciélagos rabiosos.

Gregorio pegó más el ojo al agujero para ampliar su campo de visión. Un equipo completo de bandidos estaba allí. Eran siete hombres, si se contaba al muchacho carretero que había visto llegar a la taberna, es decir, dos bandidos más se habían sumado a la tropa. Cararrajada tomó cartas en el asunto.

—¡Dejen al Sapo en paz!, ¡no debemos asustar a "los huéspedes"! —dijo señalando hacia un rincón.

Gregorio hizo un esfuerzo desde su escondite para tratar de ver la habitación completa. Y al fin distinguió lo que buscaba: un grupo de personas se hallaba acurrucado en un rincón debajo de un quinqué de débil luz, por sus rasgos no había duda de que eran asiáticos, evidentemente estaban asustados. Los hombres de Cararrajada se hallaban armados de cuchillos, y algunos guardaban bajo sus camisas grandes pistolones. Iba a ser un trabajo difícil luchar contra ellos, pensó Gregorio y siguió atento. Entonces Cararrajada se incorporó y se dirigió a los llamados "huéspedes" para increparlos:

—Por culpa de ustedes mis hombres están perdiendo la paciencia. ¡Hablen de una vez!: ¿dónde tienen el tesoro?

Y sin darles tregua empezó a preguntarles de malos modos una y otra vez lo mismo. Los campesinos se impacientaban y se miraban entre ellos con preocupación. Finalmente, el más viejo de todos, el señor Soo, dejó oír su respetable voz:

—El único tesoro que poseemos está donde el sonido de las plantas es dulce música, tan dulce como la caña de estas tierras, junto a un profundo pozo de agua cristalina, y...

—¿Quééé...?, por fin contestas y hablas de cañas y de música. ¡Habla claro! —le había bramado Cararrajada.

Uno de los hombres de la banda, el Profe, quiso interpretar las palabras del viejo y explicó:

—Seguramente quiere decir que el tesoro está enterrado junto a un pozo.

—¿Pero en qué lugar, en qué lugar? —se desesperó Cararrajada.

—¿En qué lugar? —le preguntó el Profe al viejo—. Hablas de un pozo profundo y de cañas dulces, ¿acaso hablas del famoso pozo que está en el ingenio de azúcar cerca de la ciudad? Es el más profundo que conocemos...

El viejo Soo sintió que no había sido comprendido e hizo silencio. Cararrajada fue a abalanzarse sobre él. Otro de los coreanos, llamado Koo, cuyo nombre significaba colina, y justamente era el más alto de todos sus paisanos, reaccionó con rapidez para salvar a Soo.

—Sí, sí... el tesoro está en ese lugar que ustedes dicen. ¡Busquen junto a ese pozo profundo!, ¡ahí está!

—Uyuyuiiii —gritaron con júbilo los hombres de Cararrajada, que creyeron tener por fin el secreto—. ¡Vayamos hacia el ingenio!

—¡Sí, vayamos! —le dijo a sus hombres el jefe—, tenemos que comprobar si es cierto lo que aseguran estos tontos.

—¿Los llevaremos con nosotros? —preguntaron sus hombres.

—No, podrían ser un estorbo mientras buscamos. Se quedarán encadenados aquí, así no escaparán. Si nos han mentido la pasarán muy mal a nuestro regreso.

—Jefe, podemos llevarlos con las "viudas negras" si nos mienten —se entusiasmó Bigotes, al que le gustaba aterrorizar a los prisioneros.

La picada de la araña "viuda negra" provocaba el más horrible de todos los dolores. Los bandidos sabían dónde abundaban esas arañas.

Como ya sus hombres se dirigían a la salida, Cararrajada se volteó hacia tres de ellos y los detuvo:

—Tú, tú y tú se quedarán aquí. Cuidarán que no escapen los prisioneros.

Los elegidos habían sido Bigotes, el Sapo y Pocarropa, al que llamaban así porque sólo vestía un pantalón rajado que le llegaba poco más abajo de las rodillas, amarrado en su cintura por un pedazo de soga. Jamás lo habían podido convencer de que cambiara su vestuario o de que calzara zapatos.

—¡Está bien, aquí me quedo, si alguien se acerca la pasará mal! —bravuconeó el Sapo, que deseaba demostrar valor después de su papelón a causa de los murciélagos.

Bigotes, en cambio, resopló molesto. Le hubiera gustado participar en la búsqueda del tesoro.

Gregorio empezó a arrastrarse hacia la pequeña ventana de su escondite para avisarle a Pata de Corcho que se ocultara rápidamente pues los bandidos iban a salir. En su precipitación por asomarse, dejó caer el palo que sostenía la hoja de la ventana, y el palo fue a dar directamente al único pie real de Pata de Corcho, quien esperaba debajo. El hombretón soltó una maldición. Mientras tanto, Gregorio se quedó en la total oscuridad al perder la claridad de la luna que entraba por la ventana. No podía hacer nada por el pirata, si por casualidad éste tenía uno de sus ataques de sordera pronto iba a ser sorprendido por los bandidos. Aguzó el oído para saber si afuera había pelea y no escuchó nada, entonces trató de abrir la ventana, que no se movió, lo intentó de nuevo con más fuerza y tampoco lo logró, se incorporó y trató de abrirla con el empuje de su cuerpo, pero igualmente se quedó cerrada. Para su desgracia, con el impulso de la hoja al golpear, había caído un cerrojo afuera: Gregorio estaba atrapado en la buhardilla.

12

Cararrajada en busca del tesoro

Afuera del caserón, Pata de Corcho sí había oído las voces de los bandidos, que lo pusieron alerta y corrió a ocultarse detrás de unos arbustos. No pudo ver cómo se cerraba el boquete de la ventana por donde debía reaparecer Gregorio, solamente tenía atención para sus enemigos. La odiada voz de Cararrajada, que animaba a sus hombres, llegó hasta él:

—¡Vamos, andemos aprisa que nos espera el tesoro! ¡Joyas, joyas y monedas caerán en nuestras manos! —los ojos le brillaban como a un gato en la noche.

Pata de Corcho no lo pensó dos veces, había que seguirlos. Sólo faltaba que el grumetillo acabara de reaparecer; pero el grumetillo se demoraba dentro del caserón, ¿qué estaría haciendo el imberbe? Ya los enemigos empezaban a alejarse, si no los seguía se los tragaría la noche y, entonces, ¡adiós tesoro! No, ni cien grumetes demorones lo harían perder esta ocasión, así que se lanzó detrás de los que partían. Luego vendría por el remolón si acaso aún lo necesitaba; bueno, en fin, de todas formas vendría en su busca, aunque quizá cambiaría de parecer cuando obtuviera el tesoro.

Avanzaba con cuidado detrás de los bandidos para no hacerse notar, por momentos se le revolvía la rabia y tenía que contenerse para no saltarles encima y despedazarlos como nadie mejor que él sabía hacer. El momento más difícil fue cuando empezaron a mofarse de su persona.

—¡Ja, ja!, Pata de Corcho todavía estará dando saltos a causa de las hormigas bravas —recordaban aquéllos con fuertes risotadas.

—¡No lo creo! —dijo uno que casi nunca hablaba—. Los dejamos muy cerca de la ciudad, alguien pudo encontrarlos.

—No había tiempo para más —observó Cararrajada con menosprecio—. De todas formas no debemos preocuparnos, Pata de Corcho no dará con nosotros antes de que estemos lejos con el tesoro.

—Sí, sí, no dudo que los encuentren —dijo el hombre, delgaducho y de dientes amarillentos, al que llamaban el Profe—. A veces he visto por allí a algunos naturalistas que van en busca de animales para sus estudios. Los he espiado cuando oyen el canto de las aves o del coquí, esa estúpida rana que no para de cantar "co-quí, co-quí". Imagino que ahora estarán felices de encontrar dos nuevas especies de animalejos. ¡Ja, ja, ja!

Todos reían.

—¿Y se imaginan a Pata de Corcho cuando lo desataron? Rugiría como un león —se atrevió a participar el más joven, que era justamente el muchacho carretero. Pata de Corcho lo reconoció enseguida.

Por lo general a este muchacho no lo tomaban mucho en cuenta en la banda a causa de su juventud. Se llamaba Luis, pero le decían Macao. El chico, al ver que ahora le prestaban atención, trató de seguir la escena e imitó el rugido de un león:

—Aaaaooorrrr...

Y como la risa del grupo aumentó, se envalentonó e improvisó una burlona estrofa:

Nadie puede con un pirata,
un invencible ladrón de mar
ni los cañones, ni las intrigas
a lo mejor sólo las hormigas...

La ocurrencia provocó tal hilaridad cuando pasaban junto al acantilado que tuvieron que detenerse. Irritadísimo, Pata de Corcho ideó algo para hacerlos callar. Y a pesar de su corpachón y de su pierna artificial, subió con gran agilidad a la cima del acantilado: desde lo alto empujó unas piedras que estaban amontonadas. Las piedras cayeron delante de los contrabandistas como si hubiera un derrumbe natural. Entre ellos se formó gran aspaviento, corrían hacia todos lados. Macao no

se alejó lo suficiente y una pequeña piedra que rebotó lo alcanzó en la cabeza, por lo que lanzó un alarido peor que el del león que acababa de imitar, la sangre brotó de su cabeza y le bañó la oreja. Cararrajada se volvió hacia él con desprecio.

—¡Alcornoque!, ¿no podías haberte apartado igual que los demás?

El joven se sintió tomado en falta, la herida no era pequeña e hizo un gesto de dolor. Cararrajada le ordenó:

—Regresa al campamento, no queremos cargar con heridos.

El humillado muchacho sabía que era mejor no enfrentar al jefe, y sin chistar volvió sobre sus pasos en dirección al viejo caserón.

Los demás avanzaron en silencio detrás de Cararrajada, y a cada instante miraban hacia arriba por si nuevas piedras volvían a caer.

Pata de Corcho los volvió a seguir, ahora iba victorioso, hasta tenía que contenerse para no idear alguna otra estratagema. Así llegaron al ingenio donde se suponía que estaba el tesoro. El capataz dormía y los peones también descansaban en un sueño muy profundo tras el duro día de trabajo en los campos de caña. Los bandidos se acercaron al profundo pozo detrás del caserío sin que nadie los molestara y enseguida se pusieron a cavar. Apenas habían dado unos palazos cuando lanzaron una maldición.

—¡Piedras, sólo roca dura hay en este lugar!

Acababan de descubrir que el pozo estaba enclavado en un agujero de la roca viva y junto a él la capa de tierra sólo tenía pocos centímetros: ¡nadie podía haber ocultado un tesoro en la dura y maciza roca alrededor del pozo! Los juramentos de Cararrajada se escucharon en medio de la noche.

—¡Esos campesinos nos han engañado! ¡Malditos catetos, necios..., me las pagarán! —y golpeaba la roldana del pozo con la pala, hasta que terminó por desprender el balde, amarrado en lo alto, que cayó con estrépito en el agua del fondo.

Para imitarlo, sus hombres empezaron a golpear con las palas en la roca mientras lanzaban otras imprecaciones. Pata de Corcho, que esperaba oculto para hacer su aparición en el momento en que hallaran el tesoro, no se perdía ni un detalle de esta historia. Cararrajada bramó:

—¡Volvamos al caserón, les sacaremos la verdad sobre el tesoro por las buenas o por las malas! Por suerte Bigotes, el Sapo y Pocarropa aún los custodian, ¡no escaparán!

—Uhmmm... —se dijo Pata de Corcho y su rostro mostró gran preocupación.

La última vez que había visto al grumete fue cuando éste se introdujo dentro de la guarida de los bandidos. Con seguridad no había podido salir a causa de aquellos guardianes que mencionaba Cararrajada. ¡Ah, y él lo había dejado solo en el peligro! Sintió que le subía la sangre a la cabeza: sin querer había abandonado el barco en medio del abordaje.

—¡Por todos los diablos... regresaré enseguida! —se dijo.

Tenía que alcanzar el caserón antes que Cararrajada. Debía llegar a tiempo para poder ayudar a su único soldado, es decir, a Gregorio, que en ese momento estaría luchando solo en medio de la contienda. Porque con seguridad habría contienda, de eso ya no tenía ni la más mínima duda.

Sin esperar más, salió a todo lo que le daban su pie sano y su pata de palo, lo cual no fue nada bueno porque a veces las patas de palo no soportan las carreras de velocidad. Y la de Pata de Corcho justamente se portó de esa manera: las tiras se reventaron con la carrera, el corcho salió disparado y el trozo de palo de mangle cayó lejos. Pata de Corcho blasfemaba y daba saltos en su único pie en medio del camino, mientras trataba de reunir los pedazos para ponerlos en orden lo antes posible, rápido, muy rápido, antes de que para Gregorio y para el tesoro fuera demasiado tarde.

13

Carilda salva a un herido

Es necesario que volvamos otra vez a la casita de madera donde Felicita roncaba y Carilda había vuelto a vestir sus ropas de vagabundo. Como Carilda no podía dormir, se había sentado pensativa en el quicio del portal, junto a la enredadera de jazmín, muy atenta a los ruidos de la noche. Grillos, ranas, pájaros nocturnos, gatos que maullaban, perros que ladraban, todo le llamaba la atención en su desvelo. Y bueno, ¿qué conocemos hasta ahora de esta chica insomne? Quizá sólo sabemos que apareció en esta historia en una noche de carnaval, que llegó desde Río Piedras en tranvía pues su padre es conductor, que le gustaba la astronomía y que podía ser muy insistente buscando botones para comprobar su teoría de encontrar personas perdidas.

Ya es hora de decir algo más de ella. Por ejemplo, que en sus once años de vida sólo se había cortado el pelo tres veces: dos cuando era muy pequeña, y una esta Navidad, el día que permitió que se lo dejaran por la cintura. Tenía los ojos grandes y negros, la cara delgada, y la nariz, ¡ah!, la nariz la tenía más larga de lo común, lo que le servía para olisquear muy bien las situaciones que le interesaban. De todas las acciones que la habían hecho famosa, una de las más conocidas era su hazaña en el mar. Un día, cuando Carilda tenía seis años, y la llevaron de paseo a la playa, subió sola a un bote que estaba amarrado al muelle y se dejó arrastrar a lo largo de la costa: ¡quería ver volar a los peces voladores! Al cabo de un rato comenzó a soplar un fuerte viento y el bote se volvió una rumbera sobre las olas. Los pescadores la rescataron pálida pero sin ningún rasguño. Y aun tuvieron otra sorpresa: dentro del bote había aparecido un pez. No era un pequeño pez volador, sino un pez de muy buen tamaño, bueno para la olla, que por accidente saltó del oleaje y fue a parar al piso del bote, por lo que se pescó él solo. La aventura corrió de boca en boca y esa noche más de un vecino de Río Piedras tomó sopa hecha con el pez de Carilda.

Otro día famoso en la historia de esta chica fue aquél en que un loco se introdujo en el patio de la escuela y aprisionó entre sus brazos nerviosos a la maestra. El loco gritaba que no la dejaría libre hasta que los alumnos pagaran un rescate. La pobre maestra lloraba asustada mientras los chicos del aula reunían aprisa el dinero de sus meriendas para tratar de pagar el rescate. Entonces Carilda se separó del grupo y empezó a dar saltos alrededor del loco lanzando disparatados chillidos.

—Jiiiiiii, jooooooooo, jaycroncran, rataplán, juaaaaooooooo, juaaayyy... —y toda suerte de incongruencias gritadas a viva voz sin dejar de saltar como si hiciera la danza de alguna tribu exótica.

El loco se aturdió tanto que soltó a la maestra y huyó sin mirar para atrás. Después de esto, Carilda fue la gran heroína de la escuela y del pueblo por mucho tiempo.

Y se podrían seguir haciendo historias sobre esta chica, que justamente ahora salía de su ensimismamiento porque acababa de ver aparecer —bajo el farolito de la acera— a un muchacho con la cabeza manchada de sangre.

—¡Que me regañen mi padre y mi madre a la vez si ése no es Macao, el hijo de la viuda Marina! —se dijo y lo espió desde el portal.

El muchacho se había detenido junto a la cerca del jardín para limpiarse la cara, parecía mareado. Todo el mundo en Río Piedras sabía que Macao andaba en malos pasos desde que su madre se había quedado viuda y apenas le alcanzaba el tiempo y el dinero para atender a sus nueve hijos. Al distinguir la sombra de Carilda en el jardín, Macao lanzó una maldición y quiso retirarse, pero en aquel momento le vino un vahído, del vahído pasó al desmayo, y cayó redondo delante del farol.

Carilda corrió a ayudarlo. Puso la cabeza del muchacho sobre sus piernas y le echó aire con su sombrero. Como el desmayado no reaccionaba, le sopló dentro de la nariz para provocarle un estornudo; y eso sí tuvo efecto.

—¿Dónde estoy? —preguntó aún turulato al despertar.

—Has perdido sangre, Macao, tu herida está muy... muy herida —concluyó indecisa al ver la cara de susto de Macao—. Más vale que te cure, una vez curé a mi gato y su oreja se le compuso en corto tiempo: confía en mí.

A Macao no le quedaba más remedio que confiar. En aquellas condiciones no podía seguir hacia el viejo caserón, donde las burlas de Bigotes, Pocarropa y el Sapo lo iban a hacer sentirse peor.

La lista chica buscó silenciosamente en la casa un poco de alcohol, algunos trapos, y también sacó un pañuelo. Al cabo de un rato, Macao tuvo la cabeza limpia, aunque el pañuelo amarrado para taparle la herida le hacía parecer un conejo con dos blancas orejas; afortunadamente no había un espejo cerca y su dignidad de aprendiz de bandido no se vio afectada. Carilda se dio a la tarea de averiguar los hechos que lo habían puesto así.

—Si tienes que ver con Cararrajada, seguramente sabes adónde han llevado a los dueños del tesoro —le dijo Carilda cuando oyó la historia que le contó Macao con su débil voz de herido.

Macao se asombró, no creía que nadie más en la isla estuviera al tanto del tesoro y de los coreanos. Carilda le explicó que se equivocaba, pues más de una persona en aquel momento buscaba a aquellos campesinos desaparecidos, y le pidió nuevamente que por favor le dijera el sitio adonde los habían llevado. La sincera cara de Carilda mostraba preocupación, su pelo largo había quedado suelto al quitarse el sombrero de vagabundo, con el que todavía le echaba aire en la herida para mitigarle el dolor. Macao terminó por ceder. Sí, él conocía dónde estaban los dueños del tesoro, aunque sólo se lo diría si prometía no contarle a nadie que él había hecho esa confesión. Si Cararrajada se enteraba de que había hablado lo mataría.

—No lo diré —le prometió Carilda.

De aquella manera supo que los dueños del tesoro estaban en el viejo caserón cerca de la garita derruida de la muralla. Entonces su espíritu valiente la animó. Era hora de comprobar qué estaba pasando con aquellas personas, tan ricas que tenían un tesoro, pero tan pobres que en estos momentos carecían de la más importante de todas las fortunas, es decir, de su propia libertad. La decidida chica se volvió a poner su sombrero, dejó a Macao convaleciente en la hamaca del patio y, sin pensarlo más, se dirigió hacia el caserón. Por el camino junto a la muralla iba pensativa: si encontraba a los dueños del tesoro avisaría aprisa a las autoridades para salvarlos; si no los encontraba, regresaría por donde mismo había venido para acostarse a dormir sin indagar más por el día de hoy. Siempre le gustaba poner en orden sus acciones antes de efectuarlas.

Sin embargo, esta vez no pudo seguir exactamente su plan, porque cuando llegó al caserón la puerta estaba cerrada y una persona que se había quedado encerrada adentro necesitaba de su ayuda: era Gregorio, el grumete, que una vez más, desde que llegó a San Juan, se hallaba en apuros. En esta ocasión no ocurrió como en las novelas que le gustaban a Gregorio, donde los caballeros salvan de las mazmorras a las inocentes damiselas y ellas se desmayan en sus brazos. Por el contrario, nuestro héroe fue liberado por una pequeña dama vestida de vagabundo. Y esta dama, al igual que él, estaba dispuesta a poner todas sus fuerzas en función de esta aventura.

14

El último botón

Afuera del caserón que servía de guarida a los bandidos, Gregorio y Carilda se habían detenido un instante. Primero se miraron con curiosidad, luego se presentaron y enseguida una simpatía surgió entre ambos. Gregorio le contó a su salvadora:

—Cuando los bandidos se marcharon en busca del tesoro, los tres guardianes que quedaron en el caserón salieron a tomar el fresco de la noche. Yo aproveché ese momento para bajar de la buhardilla por una escalera debilucha que se tambaleó con mi peso, de repente, la escalera se partió y me mandó de un tirón al piso: ya no podía volver a la buhardilla ni aunque quisiera. Los campesinos me miraron caer delante de ellos desconfiados, como si les llegara del cielo un bandido más, tuve que convencerlos de mis buenas intenciones, hasta que al fin me creyeron y me explicaron cómo habían ido a parar a una situación tan desventurada. Me contaron lo siguiente:

—Resulta que una bonita tarde en el mar, cuando el barco en que viajaban avanzaba con suavidad sobre las olas, los diez paisanos coreanos se reunieron para tomar su té sentados en el piso de cubierta. Hablaban en español porque estaban dispuestos a no olvidar tan bonito idioma que habían aprendido en México. Conversaban de la vida tranquila que deseaban, y de lo hermoso de tener una casa amplia y muchos sembrados de hortalizas, pues son buenos hortelanos. ¡Y entonces confesaron lo dichosos que eran por poseer un gran tesoro oculto! En el momento en que mencionaron la palabra tesoro, el viejo Soo observó detrás de un bote salvavidas a un torvo marinero que los escuchaba. El marinero desapareció ante la mirada de Soo; sólo lo volvieron a ver cuando logró encerrarlos con sus artimañas en la bodega del barco.

—Entonces el tesoro... —empezó a decir Carilda.

—Pues justamente iba a preguntarles sobre el tesoro cuando entraron de nuevo los tres guardianes, Bigotes, el Sapo y Pocarropa, y tuve que saltar para ocultarme detrás de unos maderos. Los bandidos tardaron mucho rato en salir, y yo estaba tan cansado de no moverme que me entró picazón en todo el cuerpo, pero no me atreví a hacer ni un movimiento. Una hora más tarde se les antojó volver afuera y respiré.

—¿Y les preguntaste por fin por el tesoro? —quiso saber Carilda, impaciente.

—Ya iba a hacerles la pregunta cuando uno de ellos empezó a lamentarse. Era Kang, que, según me explicaron, quiere decir "río" en coreano. Kang juraba que le dolía muchísimo el estómago, por lo que tenía que salir del caserón; sólo se trataba de una astucia de Kang para tratar de escapar en busca de ayuda. Y en verdad casi lo consigue, porque ya afuera logró alejarse bastante por un sendero. Sin embargo, los tres guardianes le dieron alcance y lo lanzaron de nuevo adentro.

—¡Oh, pobre Kang! —dijo Carilda solidaria.

—Cuando los guardianes entraron con Kang, me volví a ocultar. Entonces ellos no volvieron a salir y no pude hablar más con los campesinos, ni volver a preguntarles por el tesoro. Una hora después regresó Cararrajada hecho una furia. Tuve que agenciármelas para que con tanta gente malvada cerca yo no fuera a estornudar o a hacer otra cosa que me delatara detrás de los maderos. Cararrajada dijo que se los llevaría a un lugar cerca de aquí para sacarles el secreto del tesoro. En el momento en que se marcharon con sus prisioneros, cerraron la puerta y yo me quedé encerrado. Sin embargo, pude escuchar su última amenaza: les aseguraban a los pobres campesinos que el lugar donde los harían confesar era una tormentera llena de arañas viudas negras.

—¡Hay que salvarlos! —exclamó Carilda.

—Sí, hay que salvarlos —dijo Gregorio convencido—. ¿Pero dónde está esa peligrosa tormentera? Y bueno, ¿qué es una tormentera?, porque la verdad es que no lo sé.

—Son refugios para las tormentas. Los hacen las personas en el campo para guarecerse de los ciclones, y son como casitas muy pegadas a la tierra con techos muy bajos. Lo extraño de este caso es que casi nadie hace tormenteras en la ciudad. ¿Una tormentera cerca...? —Carilda se quedó pensativa. Al rato dijo dudosa—: Bueno, podría llamarse tormentera a algo que conozco..., no está lejos, aunque no me parece tan segura como para servirles de guarida a los bandidos. Aun así, tal vez debamos ir allí a investigar.

—Es decir que tienes una idea de adónde nos podemos dirigir... —preguntó Gregorio en suspenso.

—Creo que sí —afirmó Carilda dudosa—. Es un sitio que hizo José en el patio de su bodegón después del último ciclón, que se llevó todas sus mercancías. También a veces le sirve de almacén. Mi tía Felicita es la lavandera de José por lo que conozco muy bien ese lugar. El bodegón de José a estas horas está desierto.

—Entonces vamos allá y ojalá los encontremos... —dijo Gregorio, que antes de partir tomó un palito y escribió en el fango, justo debajo de la ventana de la buhardilla por donde había entrado al caserón.

—"Voy tras ellos a la tormentera del bodegón de José."

Gregorio no había olvidado a Pata de Corcho, quien por alguna razón se marchó sin esperarlo ni darle aviso. Sospechaba que había ido detrás de los bandidos, y presentía que volvería a este sitio, en ese caso, si veía su mensaje —y por casualidad sabía leer, cosa que nunca le había preguntado—, su ayuda podía ser fundamental.

Carilda había vuelto a recogerse el pelo bajo el sombrero, andaban a buen paso y pronto estuvieron cerca del bodegón mencionado. Sin detenerse se acercaron al patio, el techo de guano de la casucha se veía bastante nuevo y su puerta estaba abierta. Todo estaba en silencio, la tormentera estaba vacía y se miraron contrariados.

—¡He fallado!, ¡no están aquí! —dijo Carilda y echó a andar cabizbaja—. ¿Estás seguro que dijeron que iban a una "tormentera"?, ¿no habrán dicho torrentera o torrentila o algo parecido? —preguntó entonces dudosa.

—Tormentera oí, estoy seguro —dijo Gregorio con convicción.

Habían avanzado unos pasos cuando, de repente, Carilda se detuvo: un pequeñísimo objeto que se destacaba en la tierra llamó su atención. Se trataba nada más y nada menos que de un botón de nácar, un botón idéntico a los que había encontrado antes ese día.

—¿Será posible que...? —dijo vacilante y miró alrededor.

Inmediatamente recobró su ánimo y se puso a buscar otras señales, ayudada por Gregorio. Pronto descubrieron huellas en la tierra que indicaban el paso de varias personas por allí. Sin perder tiempo las siguieron y no muy lejos se encontraron ante la boca de una real tormente-ra, construida desde la época de los piratas, que se hallaba en ruinas. La vieja tormentera se había incendiado hacía muchos años, cuando su anti-guo dueño dejó caer distraído un tabaco en la paja del piso, era un refugio construido en la entrada de una cueva y presentaba todas las características de un sitio tenebroso a causa de las paredes rene-gridas por el humo y de los restos del incendio. A Carilda le latía fuerte el corazón, su teoría de "cómo encontrar personas mediante pequeños objetos" había resultado un éxito. Enseguida es-cucharon voces adentro del lugar. Los dos ami-gos se arrastraron silenciosamente hasta quedar muy pegados a la entrada, desde donde oyeron con claridad la odiosa voz de Cararrajada.

—¡Hablen de una vez! ¡¿Dónde tienen el tesoro?!

Los campesinos permanecían callados. En-tonces los chicos miraron adentro y pudieron ver cómo Cararrajada se levantaba airado y caminaba hasta unos maderos apilados en una esquina.

—¡Ahora verán! —les dijo amenazador a los prisioneros y levantó uno de los maderos apila-dos.

Debajo del madero quedó a la vista la tela de una araña, donde una saludable viuda negra mostraba la mancha roja de su abdomen. La ara-ña se movió inquieta al sentir que le cambiaban el entorno.

—Oh, dejen a esas pobres arañas tranquilas, son muy peligrosas si se juega con ellas —dijo esta vez Soo—. No es bueno molestar a los animales que tienen veneno.

—Basta —rugió Cararrajada—. No se trata de un juego, ¡tendrán que hablar! ¡Tú, acércate! —le dijo al más joven del grupo, que era el hijo de Kang. Se llamaba Rhi, y su padre siempre decía su nombre con orgullo pues Rhi significaba en coreano "generación". En aquel momento la "nueva generación" de Kang se hallaba en peligro y él se apuró en ofrecerse para que lo tomaran en lugar de su hijo.

—¡Silencio!, ¡he dicho éste y éste será!

La camisa de Rhi se abrió al levantarse, no le quedaba ni un botón. El listo Rhi había sacrificado todos sus botones para dejar señales, pero al ver que el camino por donde los llevaban resultaba muy largo, y no le iban a alcanzar los botones para todo el trayecto, se guardó el último por si le podía servir en algún momento.

Cararrajada sacó una llavecita dorada y volvió a dirigirse a Rhi:

—¿Ves esta llave? Es la llave de la cadena que los amarra a ustedes —dijo y dejó caer la brillante llavecita de la cadena en el madero donde estaba sujeta la tela de la araña, tan cerca del venenoso animal que era un peligro tocarla—. ¡Agárrala!

Por supuesto que a Rhi no le gustaba aquel juego, pero como era muy hábil con las manos y hasta sabía hacer juegos de manos con las cartas, se las arregló para, con un rápido movimiento, agarrar la llave y salir ileso.

Cararrajada no esperaba tanta habilidad y se enfureció.

—¡Ah!, te parece fácil, ¿verdad? —dijo quitándole bruscamente la llave de las manos a Rhi.

Y esta vez fue más preciso, con cuidado colocó, despacio, la llave sobre la tela. En esta ocasión utilizó su cuchillo para dejarla tan pegada a la araña que cuando ésta se movió inquieta quedó totalmente encima de la llavecita. Sus largas patas parecían custodiarla. Cararrajada sonrió malicioso.

—Veremos si eres tan rápido ahora —dijo—. ¡Agárrala!

En pocos segundos el joven Rhi iba a ser picado por el venenoso animal si alguien no lo impedía. Entonces Carilda, que junto a Gregorio espiaba desde afuera sin perderse nada de lo que ocurría, tuvo una de sus estrambóticas ideas y empezó a silbar una melodía muy penetrante. La escena con las arañas dentro de la tormentera se detuvo y Cararrajada preguntó molesto:

—¿Quién silba en la noche?

Carilda continuó su enigmático silbido y se alejó de la entrada. Cararrajada y sus hombres no pudieron soportar la curiosidad y salieron para averiguar de qué se trataba: no se acercaba mucha gente por aquellos parajes en la noche. La chica dejó ver su sombrero detrás de unos arbustos e hizo su silbido más profundo, los hombres que fueron tras ella sólo hallaron el sombrero, ya que la silbadora se había dado a la fuga. Mientras tanto, Gregorio corrió a la tormentera; los campesinos recuperaron la esperanza al verlo aparecer. Rápidamente el grumete comprendió la situación: había que tomar la llave y liberar de la cadena a los prisioneros, una tarea sumamente sencilla. Sí, una tarea sencilla para cualquier persona sin amor a los animales, ya que un simple pisotón a la araña hubiera resultado más que suficiente para dejar libre el acceso a la llave. Pero ése no era el caso, el viejo Soo intervino inmediatamente.

—¡Hasta las más venenosas de las criaturas tienen razón de existir en este mundo! Además, Soo ama a las arañas: son laboriosas como los coreanos.

Y ofreció su bastón para apartar al animal con cuidado. Gregorio actuó con delicadeza y rapidez bajo la luz del farol que habían dejado encendido los bandidos, y pronto tuvo la llave en sus manos. Los campesinos por fin se vieron libres para escapar y la araña se quedó con su veneno intacto.

—¡Por aquí! —les dijo Gregorio mientras salían de la renegrida tormentera en la cueva.

Ya estaban afuera, y empezaban a huir, cuando el astuto Bigotes regresó desconfiado al refugio. Enseguida dio la voz de alarma. Sin embargo, ahora eran diez hombres libres los que podían defenderse, además de contar también con la ayuda de Gregorio, que era un chico fuerte. Todos estaban decididos a entrar en acción cuando el grito de Carilda los detuvo: acababa de ser alcanzada por los bandidos. Gregorio corrió entonces hacia el sitio donde se había escuchado el grito, y en un santiamén los hombres de Cararrajada cayeron sobre él sin darle tiempo a nada. Esta vez los bandidos se pusieron realmente muy molestos cuando lo reconocieron. Cararrajada estaba furioso con el testarudo marinerillo que se empeñaba en desafiarlo. El viejo Soo alzó su bastón:

—¡Suelten a los muchachos! ¡Suéltenlos! —gritaba indignado, secundado por sus paisanos.

—¡Ja, ahora el viejo nos ordena! —hablaba con sarcasmo Cararrajada, mientras lanzaba a Gregorio miradas iracundas—. Pues sí, los soltaremos, pero sólo si ustedes nos dicen de una vez dónde está el tesoro.

—¡¿El tesoro?! —dijo el irritado viejo con impaciencia—. No tenemos un tesoro para darles.

—Basta de mentiras, ustedes mencionaron un gran tesoro en el barco que los traía al puerto. Hablemos claro: mi primo, el marinero de *El vogante*, los escuchó decir en cubierta que tenían un gran tesoro oculto. Vamos, confiesen de una vez, ¿dónde está el tesoro?

—¡Aaahhhh..., ese malvado marinero que nos espiaba la tarde que tomábamos té en cubierta no entendió nuestras palabras...! —dijeron contrariados Kang, Koo, Rhi, Soo y los demás al comprender la avaricia de los bandidos. Entonces hablaron entre ellos en coreano, era hora de aclarar las cosas, y señalaron al viejo Soo, a quien por sus años le tocaba dar la explicación.

—¡Ah, nuestro tesoro! —dijo el viejo Soo—. ¡No podemos dárselo porque lo tenemos adentro! ¡Tienen que buscarlo en nuestro interior!

—¡Destripémoslos! —gritó inmediatamente el violento Bigotes.

—Sí, destripémoslos para sacarles el tesoro de adentro —dijeron los demás.

Y ya iban a lanzarse sobre ellos cuando se oyó la voz de un hombre que avanzaba por el sendero a toda la velocidad que le permitían sus dispares piernas. Se daba ánimos para mantener el paso con una tonadilla de sus viejos tiempos de pirata en el botecito de pescar cangrejos en la laguna:

> *Soy veloz como un velero*
> *no se me escapa ni un galeón*
> *soy feroz y soy terrible*
> *pobre de aquel que me provoque.*
> *Pata de Corcho me pusieron*
> *Soy veloz como un velero,*
> *Soy veloz como un velero...*

Los hombres de Cararrajada se detuvieron en seco: un pirata lleno de rencor por sus enemigos acababa de aparecer ante ellos. Pata de Corcho frenó su carrera, había llegado a tiempo para la contienda y nada podía darle más gusto que lo que sucedió a continuación. Por fin podría enfrentarse a Cararrajada.

—¡Eres sabandija muerta, Cararrajada! —le gritó enfurecido.

—¡Haré chorizos con tus tripas, Pata de Corcho...! —le bramó Cararrajada, y sacó su cuchillo.

Tuvieron una lucha feroz. Mientras tanto, los diez campesinos coreanos se defendieron valientemente del resto de los bandidos armados; Gregorio peleaba junto a ellos. Y se enfrentaron todos con tanto coraje a la banda de malhechores que no tardaron en ganar la batalla. Carilda corrió entonces en busca de la cadena de los monos de circo que había tenido sujetos a los campesinos; pronto los cinco bandidos y su jefe, el temible Cararrajada, quedaron enlazados por la extraña cadena. El pirata se golpeaba el pecho triunfante y los demás aplaudieron la victoria.

Enseguida avanzaron hacia la capitanía del puerto. Pata de Corcho, Gregorio, Carilda y el joven Rhi marchaban delante; a los lados de la hilera de forajidos iban atentos Koo y Kang; y al final los truhanes eran custodiados por el resto de los campesinos coreanos. El viejo Soo enarbolaba su bastón a ratos para hacerse respetar. Los bandidos iban derrotados, pero aun así Pata de Corcho no se pudo contener y entonó con su voz atronadora una de sus preferidas cancioncillas piratas:

Los bandidos quieren oro,
buscan camorra, buscan tesoros,
pero no pueden con un pirata.
Ja, ja, ja, con un pirata,
¡Viva mi fuerza!, ¡viva mi pata!

Y caminaba ágilmente con su pata de palo, que por fortuna había logrado componer muy bien para poder llegar a tiempo a la batalla.

15

La verdad sobre el tesoro

Aunque el siglo XX sólo estaba empezando cuando ocurrieron estos hechos, ya que entonces transcurría el año 1912, Gregorio estuvo seguro de que la historia que acababa de vivir le interesaría alguna vez a chicos de otra época. Y no sólo porque hablaba de tesoros y de piratas y de la fascinante isla de Puerto Rico, sino también por su moraleja; verán por qué:

Tras la trifulca en el camino, Pata de Corcho, Gregorio, Carilda y los demás siguieron hacia el puerto con su cargamento de truhanes encadenados. Las autoridades estaban asombradas de los hechos, el capitán del trasatlántico *Infanta Isabel* se hallaba orgulloso de su grumete, y los diez campesinos coreanos celebraban felices el haber recuperado la libertad. El único que estaba algo apocado era Pata de Corcho, quien, a pesar de la victoria sobre Cararrajada, no había podido adueñarse de ningún tesoro. Felicita trataba de darle ánimo a gritos ya que al pirata le había retornado su ataque de sordera. Una sospecha asaltó entonces a Felicita, que miró dentro de las orejas del pirata y enseguida estuvo segura de que aquella sordera se curaba con agua y jabón. Lo que necesitaba Pata de Corcho no era más que una buena limpieza de sus asquerosos oídos.

Sin embargo, aún quedaba una gran incógnita para todos y ésta se relacionaba precisamente con lo que había causado tantos problemas, es decir, con el tesoro. Los aduaneros querían saber en qué consistía el tesoro y si había sido introducido al puerto sin pagar los impuestos de la aduana; los periodistas se morían por dar la noticia del tesoro y estaban atentos al momento en que los coreanos contaran su historia para correr a publicarla en los diarios; y Carilda y Gregorio aún estaban intrigados sobre cuál sería aquel misterioso tesoro. Fue necesaria una larga reunión en la capitanía para que todos se enteraran de la verdad. Entonces habló el viejo Soo:

—Por ser el más anciano hablaré, como indica nuestra vieja tradición en Corea. Esta aventura inesperada nos causó mucha zozobra y estamos agradecidos a nuestros salvadores: los listos y valientes muchachos que se arriesgaron por liberarnos y el señor Pata de Corcho, que tan fuerte peleó por nosotros. Los coreanos no olvidamos a nuestros benefactores, por lo que siempre los tendremos en el corazón. El corazón de campesinos honestos es como un prado donde crece eternamente una flor para los amigos. Pero ahora ustedes quieren saber cuál es el tesoro que tanto problema creó y por el que esos malvados de Cararrajada casi nos sacan las tripas. Pues bien, se los diré. Cuando dijimos en el barco que teníamos oculto un gran tesoro, el marinero malvado que nos oyó pensó que se trataba de joyas y de riquezas. No era a eso a lo que nos referíamos, sino a nuestro amor al trabajo y a la tierra, que guardamos muy bien en nuestro corazón para llevarlo a todos los lugares a donde nos dirigimos. Nuestro tesoro está en ser laboriosos y conseguir que la tierra nos dé hortalizas y buenos frutos, y en disfrutar del agua cristalina que nos ofrece un pozo y en la maravilla de poder ganarnos el sustento. Pero esos hombres necios no pueden ver más allá de sus narices, ni oír más allá de sus oídos, por lo que la palabra tesoro los llenó enseguida de avaricia. Y bueno, señores, aquí nos despedimos porque nuestro barco tiene que partir, y seguimos rumbo hacia los campos de Norteamérica.

Esta despedida fue como casi todas las despedidas, triste y alegre. Las personas que parten van al encuentro de nuevas aventuras, mientras las que se quedan sólo pueden desearles buena suerte y esperarlos con paciencia si acaso van a regresar. Los campesinos coreanos dijeron adiós.

Gregorio también tuvo que decir adiós cuando su barco fue a zarpar. Carilda y Felicita lo acompañaron hasta el muelle. Nuevamente, Gregorio subió a la lancha que lo llevaría de regreso al trasatlántico anclado en la distancia, donde algunos de los pasajeros que ya conocía comentaban su tranquila escala en el puerto de San Juan. La señora de la diminuta perrita la sujetaba muy bien en esta ocasión para que no cayera al agua. Ya la lancha se separaba de tierra cuando Carilda le lanzó al grumete su sombrero de vagabundo como recuerdo, Felicita le mandó un beso con la punta de los dedos de su franca mano. El único que no vino a despedirlo fue Pata de Corcho. Gregorio sintió que su ausencia lo llenaba de irritación: ¿es que acaso no había significado nada para el pirata esta aventura? "¡Bah!, ¿quién necesita la amistad de un falso pirata?", se dijo y trató de no pensar más sobre el asunto. No obstante, mientras le decía adiós a sus amigas, desde el fondo de su corazón esperaba verlo aparecer, y buscaba con la vista por si distinguía, a última hora, en el puerto el balanceante corpachón del extravagante personaje. Finalmente el muelle quedó atrás y en poco tiempo la lancha llegó junto al gran barco.

El capitán lo recibió amable en el trasatlántico:

—¡Bienvenido a bordo, grumete! ¡Continuaremos nuestro viaje hacia las Islas Canarias!

Gregorio ayudó a subir el ancla y enseguida se puso a hacer sus labores. Pronto las calderas empezaron a recibir carbón y el inmenso barco avanzó hacia el este. Apenas habían andado una milla cuando una señora, que miraba la proa desde el horizonte, gritó:

—¡Allí, miren allí!

Gregorio tuvo un presentimiento y corrió a la proa con su catalejo. Un barbudo hombre solitario en el mar había colocado su pequeño bote con bandera pirata en el camino del trasatlántico.

—¡Oh, no! —exclamó el timonel al reconocer la ridícula embarcación pirata, y volvió a tocar la sirena para ahuyentarla.

Pero esta vez no fue necesario que el trasatlántico insistiera ni que cambiara de rumbo, porque el corpulento pescador maniobró su barquichuelo con destreza para dejar pasar al gran vapor. Después se paró con dificultad a causa de su pata de palo sobre la elevada proa, y con mil maromas para no caer al agua alzó la mano derecha y la batió tres veces en el aire a la manera del singular saludo pirata. Por su parte, Gregorio corrió a la proa del trasatlántico y trepó contento junto al empinado mascarón. ¡Y desde esa altura también batió tres veces su mano en el aire! Ninguno de los dos bajó de la proa de su barco hasta que ambos se perdieron de vista. El capitán del *Infanta Isabel*, que miraba la operación desde el puente de mando, dejó ver entonces su enigmática sonrisa. No se le había escapado que un extraño pacto acababa de ser sellado en medio del mar: un pacto de amistad entre un grumete decente y un soñador pirata.

Glosario

Alcornoque. Se le dice así a personas tontas e ignorantes. Árbol de madera durísima con una capa de corcho en la corteza.

Argucia. Argumento falso.

Bolla. Un tipo de panecillo o mollete.

Borda. Parte superior del costado de un buque.

Borinquén. Nombre indígena de Puerto Rico. Aún se le conoce de esta manera, y a sus habitantes se les dice borinqueños.

Cateto. Forma despreciativa que se usa con personas toscas o poco listas. En matemáticas es cada uno de los lados que forman el ángulo recto de un triángulo rectángulo.

Coquí. Es una ranita que vive en Puerto Rico y no mide más de 35 milímetros. En las noches canta "co-quí, co-quí". También le dicen pequeño sapito.

Corea. País asiático muy montañoso cerca de China, fue una colonia de Japón a principios del siglo XX.

Corsarios. En los siglos XVII y XVIII servían a algunos países como una especie de feroces soldados de mar.

Cubierta. Piso de los barcos.

Filibusteros. Un tipo de piratas que por el siglo XVII hacía de las suyas en el mar de las Antillas.

Grumete. Muchacho que ayuda a los marineros en el barco.

Ingenio de azúcar. Planta industrial destinada a moler la caña y obtener el azúcar.

Isla de la Tortuga. Capital al mismo tiempo de los bucaneros y filibusteros en el siglo XVII. Se encuentra aproximadamente dos leguas (seis millas) al noroeste de Haití, y cuenta con un abrigado puerto al sur. Primero perteneció a España y más tarde a Francia. El gobernador de la isla recibía tributos de los piratas que vivían allí o entraban al puerto. Alrededor de 1670 dejó de ser la capital de los bucaneros pues estaban en extinción, pero siguió siendo el centro de los filibusteros por muchos años.

Jíbaro. Un tipo de campesino de Puerto Rico.

Jutía. Es un mamífero roedor que habita en las islas de las Antillas.

Lola Rodríguez de Tió. Poetisa puertorriqueña. Nació en la villa de San Germán en Puerto Rico en el año 1843. Vivió en Cuba durante veinticinco años. Murió en 1924 en La Habana. De su poema "A Cuba" son los siguientes versos: "Cuba y Puerto Rico son/ De un pájaro las dos alas,/ Reciben flores y balas/ Sobre el mismo corazón..."

Loores. Elogios o alabanzas.

Manjarete. Dulce de maíz, leche y azúcar.

Piratas. Ladrones de mar.

Plántula. Planta joven. Embrión vegetal desarrollado por germinación de la semilla.

Puerto Rico. Isla del Caribe que estuvo poblada por indios Taínos, a la que llegó Colón en 1493. Su primer gobernador fue Juan Ponce de León. En 1511 se produjo un alzamiento indígena que fue sofocado por las tropas españolas. Durante el siglo XVI se sucedieron los ataques de corsarios franceses, después ingleses como el de Francis Drake en 1595, y holandeses.

Sociedad bucanera. Existió en el siglo XVII. La actividad de los bucaneros era matar reses, salar su carne y secar sus cueros para venderlos junto con otros productos a los barcos. Operaban en el occidente de La Española, donde ahora se encuentra Haití (frente a la Isla de la Tortuga), un sitio en el que precisamente abundaban reses y cerdos salvajes. No tenían leyes escritas, ni autoridades, pero convivían pacíficamente. Se dice que a los bucaneros les gustaba contratar un sirviente, casi siempre francés, para que les sirviera prácticamente como un esclavo durante tres años. Después que esos sirvientes cumplían su contrato a veces pasaban a ser ellos mismos bucaneros. Cuando el ganado salvaje dejó de ser abundante en La Española, se dedicaron a sembrar tabaco, que también traficaban.

Sociedad filibustera. Compuesta por los fieros piratas y corsarios que operaban en el mar Caribe en el siglo XVII y XVIII. Tenían un código escrito que describía la parte del botín que le tocaba a cada uno y el dinero que debían recibir si tenían un accidente. Los miembros de esta sociedad llegaron a superar el número de integrantes de la sociedad bucanera, más antigua que ellos.

Vejigante. Populares personajes de los carnavales de Puerto Rico. Se visten con trajes de colores vivos y llevan máscaras de demonios con varios cuernos muy largos.

Viuda negra. Araña venenosa. Su mordida es punzante y muy dolorosa. Las hembras tienen una mancha roja en el abdomen y matan al macho después del apareamiento. No es agresiva, sólo reacciona instintivamente cuando se siente tocada o presionada.

Índice

Otras aventuras de Gregorio

Emma Romeu

Otros títulos
dentro de esta colección:

ALFAGUARA / INFANTIL

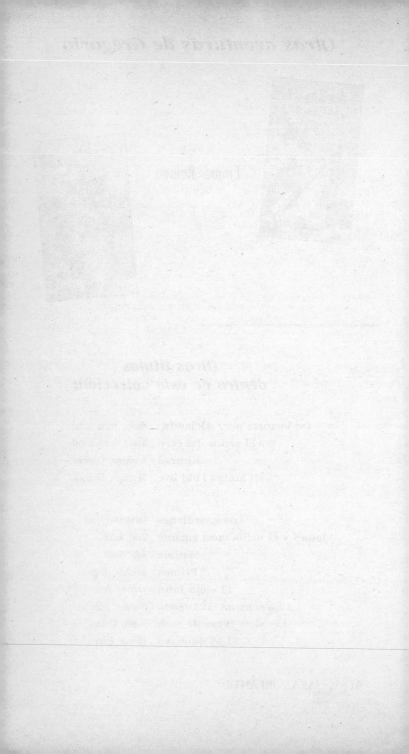

Este libro terminó de imprimirse en junio de 2004
en Impresora y Encuadernadora Nuevo Milenio, S.A.
de C.V. Calle Rosa Blanca Núm. 12, Col. Santiago
Acahualtepec, 09600, México, D.F.